CHAMBRE D'AMIS

DOMINIQUE ROBERT

Chambre d'amis

roman

LES HERBES ROUGES

Les Herbes rouges remercient le Conseil des arts du Canada, ainsi que le ministère du Patrimoine canadien et la Société de développement des entreprises culturelles du Québec, pour leur soutien financier.

Les Herbes rouges bénéficient également du Programme de crédit d'impôt pour l'édition de livres du gouvernement du Québec.

L'auteure remercie le Conseil des arts et des lettres du Québec pour son soutien à l'écriture de ce livre.

Catalogage avant publication de Bibliothèque et Archives nationales du Québec et Bibliothèque et Archives Canada

Robert, Dominique, 1957-

   Chambre d'amis

   ISBN 978-2-89419-307-5

   I. Titre.

PS8585.O283C52 2010   C843'.54   C2010-942209-0
PS9585.O283C52 2010

© 2010 Éditions Les Herbes rouges
Dépôt légal : Bibliothèque et Archives nationales du Québec,
             Bibliothèque et Archives Canada, 2010
ISBN : 978-2-89419-307-5

À la mémoire de ma mère.

Le monde est morcelé. Pourtant il ne tombe pas en morceaux.

CORNÉLIUS CASTORIADIS,
Une société à la dérive

L'Occident, le monde vont-ils périr de trop de photographies ? Qui sait, ils seront peut-être sauvés, au bord de la fin des temps, par l'évidence ingénue, épiphanique, de quelques-unes ?

YVES BONNEFOY,
Photographies de Martine Franck

— *Penses-tu que tu vas pouvoir ici ?*
— *Oui. Ici, j'vas être capable.*

CHRISTIAN MISTRAL,
Léon, Coco et Mulligan

MUR GAUCHE,
PETITS FORMATS EN NOIR ET BLANC

Fanny allongée pour une sieste
(octobre 2008)

Dans un souvenir d'enfance, hypnotisant comme une ancienne photographie, Fanny est dans le bureau de son grand-père. D'une étagère encombrée, elle retire avec précaution le *National Geographic* qu'il lui laisse feuilleter de temps à autre. L'article qui l'intéresse informe les lecteurs sur le développement du Nord canadien au XXe siècle. Elle demande qui est l'individu apparaissant à une certaine page. «Albert Peter Low», répond le grand-père installé dans le fauteuil devant elle.

L'un après l'autre, le vieillard énumère les faits. Sont redevables à l'explorateur montréalais tant l'exploitation des gisements de fer par la compagnie qui l'emploie quand il est jeune que celle du pétrole dans l'Arctique aujourd'hui. Les Inuits commerçaient avec les Vikings établis au Groenland durant le Moyen-Âge. Au Nunavut, la nuit dure trois à quatre mois en hiver, et pour une période équivalente en été, il fait continuellement jour.

Dans le même souvenir, Fanny fixe la page suivante avec admiration. Le grand-père y est photographié à vingt ans parmi d'autres ouvriers du rail. Le héros civilisateur ressasse la merveilleuse histoire.

À l'époque, il travaille pour la Iron Ore Company of Canada entre Sept-Îles et le lac Knob. Quatre ans suffisent pour construire un chemin de fer de six cents kilomètres entre un village de pêcheurs à deux rues et un désert de pergélisol à épinettes. Jour et nuit, dynamiteurs, menuisiers, ingénieurs bétonnent des fonds de lacs glacés, aplatissent des dos de montagnes pelées, jettent des ponts sur des ravins bourdonnant de mouches noires et de maringouins. Quand un bulldozer s'enlise dans la boue, on l'abandonne pour gagner du temps. On l'enterre, on nivelle, on continue à progresser. En 1954 est planté le crampon doré ou dernier clou du chemin de fer. Extrait de cratères orange et bleu vastes comme des stades de football, le minerai vieux d'un milliard d'années est chargé sur des camions dont les roues atteignent une fois et demie la hauteur d'un homme. Des trains longs d'un kilomètre les relayent jusqu'aux minéraliers géants en route pour les complexes sidérurgiques des États-Unis.

Le rêve qui vient ensuite est un plus profond souvenir. Derrière la fenêtre, le fleuve est hérissé de glaces. Fanny lance des boules de neige dans la cour d'école. Le pâté au saumon est brûlant. L'escalier mène à une chambre mansardée. Le plancher craque, un réveille-matin mécanique tictaque. Quelqu'un dort dans un lit…

L'instant d'après, Fanny est en camion avec son père vêtu d'un tee-shirt sur le lequel est imprimé «Leonard Peltier est innocent». Son père lui raconte l'histoire d'un Montagnais qui recueille et apprivoise une oie qui se laisse mourir parce que son bien-aimé a été dévoré par un renard. Chaque jour, l'homme fait une promenade aux alentours de sa maison. Dans le ciel, il entend un cri. Relevant la tête, il voit une oie lui faire un signe qui veut dire : «Attends-moi, j'arrive.» L'oie se pose sur le sol près de l'homme et les deux amis continuent leur promenade ensemble.

Au-dessus de la route 138, de gros nuages bas se déplacent rapidement. Un macareux moine au bec triangulaire rouge et jaune ballotte à la surface du fleuve. La remise derrière la maison de Fanny est couverte de bois de caribous, d'orignaux et de chevreuils. Un bateau à moteur est amarré au quai de planches surplombant l'eau derrière la remise.

Fanny file en bateau sur le fleuve. Posté à l'avant à côté d'elle, son vieux chien Peewee laisse battre ses oreilles au vent. Le père de Fanny dirige l'embarcation vers l'archipel que Cartier surnomma «Ysles Rondes». Au pied sablonneux de ces îles roulent au printemps des bancs entiers de capelans. Le bateau s'est arrêté au milieu de l'eau. Fanny et son père mettent des appâts à leurs hameçons. Le chien hume l'air ou suit des yeux le vol tranquille des oiseaux, les oreilles dressées, en étouffant parfois un gémissement. Fanny tire d'un coup sec sur sa canne à pêche. Un poisson est halé à l'intérieur de l'embarcation. Le chien glapit, mais reste en retrait. Le père de Fanny attache la prise à un enfiloir en lui insérant dans la bouche une alêne de fer qu'il fait ressortir par une fente brachiale.

De retour à la maison, Fanny apprend à fileter un poisson. Elle le couche sur la table. D'un seul coup de son long couteau à lame effilée, elle pratique une incision allant de la branchie à l'épine dorsale. Elle le fait descendre profondément jusqu'à la queue en suivant la cage thoracique. Après avoir découpé l'autre côté pareillement, elle glisse la lame entre la chair et la peau afin d'en dégager les filets.

Soudain, le vent vole comme une hache en soulevant les pages d'un journal traînant sur le comptoir. Peewee sursaute, Fanny se coupe un doigt. Son père enroule une serviette de papier autour de la blessure pour l'arrêter de saigner. Il l'entraîne dans les toilettes. Le chien se couche contre la porte ouverte. Fanny s'assoit sur le couvercle baissé de la cuvette. Son père déroule lentement la compresse de son doigt rougi de sang pour le désinfecter.

Fanny debout devant le réfrigérateur ouvert
(octobre 2008)

Fanny se réveille en sursaut de la sieste qu'elle a faite en rentrant de l'université. Encore une fois, elle a rêvé du doigt coupé : ennuis en perspective selon le dictionnaire des symboles ; désunion entre proches, chagrins ; sentiment d'abandon symbolisé par le bateau.

Fanny fume une cigarette, écrase son mégot dans le cendrier, s'approche du réfrigérateur. Malheureusement, il ne contient que des boissons gazeuses et des aliments périmés. Découragée à l'idée de sortir, elle téléphone à une rôtisserie pour commander du poulet.

L'appartement où elle habite compte deux pièces et demie. Le lit dans la chambre à coucher est immanquablement défait. Les murs du salon-cuisine sont recouverts d'une tapisserie ancienne, ornée de fontaines qui font s'enchevêtrer, par les arabesques de leurs jets d'eau, le moutarde et le brun doux. Un canapé, dont le tissu à rayures beiges, brunes et orange imite un tissage artisanal, côtoie une table à abattants, encombrée d'un cendrier, d'une assiette sale et des restes d'un déjeuner. Le matin, une chemise d'homme blanche, suspendue à une tringle à rideaux devant la fenêtre au-dessus du lavabo, filtre les rayons du soleil. Sur le comptoir, un noyau d'avocat est en train de germer dans une boîte métallique ayant contenu du tabac.

La sonnette de la porte retentit. Le livreur a les cheveux dressés sur la tête avec un fixatif. Ses épaules semblent accrochées à ses oreilles et il se tourne difficilement de côté : probablement une malformation génétique quelconque. Malgré tout, il est séduisant.

— As-tu le temps de fumer un joint ? lui demande Fanny.

Le garçon s'appelle Luis. Plus causant une fois drogué, il s'avoue plutôt émotif et malheureux en amour. La dernière fois qu'il s'est fait briser le cœur, c'était par une Salvadorienne rencontrée à l'école. Pour elle, il a tenté de voler un dépanneur, mais il s'est fait arrêter. Outre ses empreintes digitales, son dossier judiciaire contient une condamnation pour vol qualifié.

— Pendant un an, j'ai dû me rapporter à un agent de probation une fois par semaine. Je pouvais pas sortir passé une certaine heure. J'ai été détenu dans un Centre jeunesse jusqu'à mon procès. Il y avait des règlements pour tout. C'était l'enfer.

— Un vol qualifié, ça veut dire que t'étais armé ?

— Mais mon arme était pas chargée. Et le pire, c'est qu'après ce que j'ai fait pour elle, la conne m'a laissé tomber…

Luis sort un téléphone cellulaire de sa poche pour montrer quelques photographies à Fanny. Sur l'une d'elles, il est adossé à une voiture garée le long d'un trottoir, la tête relevée dans une attitude de justicier. Contre lui s'appuie une fille à tresses africaines portant des vêtements sexy. Sur une autre, Luis est photographié assis à côté de la même fille. Placé derrière, un homme plus âgé les entoure de ses bras dans un geste affectueux.

— C'est ma sœur, Adela, explique Luis. Lui, c'est mon père.

Il raconte à Fanny qu'il vit avec sa famille, que sa mère est partie avec un autre homme pendant qu'Adela et lui étaient enfants, que son père s'est occupé d'eux. Ces temps-ci, ils ont des problèmes à leur logement à cause du propriétaire qui veut les évincer vu qu'ils ont des chiens et que les animaux sont interdits. Encouragé par l'effet de l'herbe, Luis embrasse Fanny en lui caressant les seins et l'entrejambe.

Ensuite, il lui dit qu'il doit repartir travailler. Fanny demande à Luis de l'appeler. Elle lui écrit son numéro de téléphone à l'intérieur d'une pochette d'allumettes.

Quelques jours plus tard, Luis invite Fanny à une soirée salsa au billard-discothèque Night où travaille sa sœur Adela. Luis et Fanny saluent Adela derrière le bar du billard. Après leur bière, ils montent à la discothèque.

La salle est pleine à craquer. Luis brave la foule pour se rendre aux toilettes tout à fait de l'autre côté. Fanny s'installe sur un tabouret de bar qu'un garçon lui cède avant d'aller danser. Surgie de nulle part, une corpulente Latino-Américaine vêtue d'une minijupe en faux léopard est soudain plantée devant Fanny, exigeant qu'elle lui redonne sa place. Fanny commence par rire d'une telle audace, mais l'insolente insiste tant qu'un attroupement de Latino-Américains se crée autour d'elles. Sur ces entrefaites, deux videurs empoignent Fanny par les bras pour la conduire jusqu'à la sortie.

Dans l'escalier étroit qui mène dehors, éclairé avec d'innombrables néons de couleurs criardes, Fanny tente en vain d'expliquer aux videurs que son ami est à l'intérieur, au cas où quelqu'un serait assez aimable de l'avertir de son départ. Fanny attend un certain temps devant l'établissement que Luis la rejoigne. Un peu ivre et se croyant abandonné par une autre conne, Luis ne vient pas. Il envoie Fanny à tous les diables pendant qu'il continue à se soûler au rythme de la salsa. Fanny rentre chez elle en métro.

Elle retourne de temps à autre au Night, où elle salue Adela. Malgré cela, elle n'entend plus parler de Luis.

Catherine assise dans un parc
(octobre 2008)

Il arrive à Catherine d'écouter la ville comme quelqu'un approche de son oreille un coquillage. Qu'est-ce qui se murmure là de si intéressant? Sûrement quelque chose d'important puisqu'un moment, elle devient indifférente au reste.

Toute la matinée, les choses ont paru tomber. Les feuilles tombaient des arbres, un verre s'est brisé en tombant, un enfant s'est laissé tomber dans les feuilles. Catherine marche dans la rue animée comme une femme libre de soucis, pourtant elle est préoccupée. Une ombre semble lui emboîter le pas, une épaisseur de l'air, la retenir.

« Peine perdue... », pense Catherine. Elle tente de détacher son attention de la foule qui l'entoure. Elle veut se pincer tant elle croit rêver. Dans chaque direction, son regard croise des gens qui secrètement aussi attendent une explication, au seuil d'une porte qu'ils n'arrivent pas à franchir. Le gardien de cette porte empêche-t-il la foule d'entrer ou de sortir? « Cerbère, Cerbère... », songe Catherine.

Une nuit de cette semaine, Catherine a rêvé d'un bel inconnu. Au début, elle tâtait les muscles de ses bras. Pendant ce temps, il devenait mi-mort, mi-vivant. De plus, ce mort-vivant semblait éprouver pour elle une attirance malsaine. Tard le soir, il l'attendait dans une profondeur noire où elle s'égarait par étourderie. Avant de sortir n'avait-elle pas oublié d'apporter une lampe de poche ? Dans ce rêve, elle disait : « Attention, tu es un bon monsieur… », et dans le rêve, elle savait ce qu'elle voulait dire.

Hum… Les arbres égaient leurs branches dans le sourire indécrochable du ciel. La traînée de condensation d'un avion s'effiloche dans la troposphère. Catherine s'assoit dans un parc devant le duplex à l'étage duquel son logement est situé. Elle se repose au contact d'éléments favorisant la détente : la fontaine, le vent, le soleil, les vêtements d'automne.

Un homme fier s'assoit à côté d'elle. Il porte une grosse turquoise à son annulaire. Sa façon de tenir son parapluie rappelle celle dont l'empereur tient son sceptre dans un jeu de tarot. Vu de profil ainsi, il paraît faible comme l'empereur, c'est-à-dire inapte à la compassion, dépourvu de simplicité.

« Un homme qui s'amuse de tout sur la terre », songe Catherine. Comme ce collègue écrivain qu'elle rencontre dans un lancement. Il l'invite à passer la nuit chez lui. Il l'observe d'un air suffisant tandis qu'elle se déshabille. Il se dirige vers la garde-robe, en revient avec une ceinture et la toise, impertinent. Elle comprend qu'il faudra administrer une correction, demande s'il veut lui confier la ceinture. Or cela, l'homme ne veut pas…

Tel que prévu, le temps est passé de la pluie du matin au soleil de l'après-midi. Catherine se dit :

«Les rayons sont des épées de lumière qui transpercent le bouclier devant les choses.» Le voisin se remet debout, tourne le dos à la fontaine, s'éloigne d'un pas décidé. Catherine voit clairement le paradoxe de la souffrance en lui, quand la victime s'efforce de paraître le bourreau.

Colère, désir, affection, mépris… Le cœur est une sorte d'arche où s'assemble le peuple des émotions pour un rite infatigable. Catherine ferme ses yeux. Pour l'instant, où s'arrête la lumière, où commence-t-elle ? Le soleil déverse son marc brûlant sur les gens et sa bonté évoque une partie d'eux-mêmes qu'ils ne devraient pas oublier. La lumière aime la beauté du monde. Elle emplit la main de l'homme juif qui lave ses semblables dans le Jourdain. Lumière de toute éternité où Catherine aimerait se plonger. Ses étincelles d'espoir, maintes fois elle allonge ses mains pour les attraper. Cependant, elle n'y arrive pas.

Dans l'éternité de la nuit vacille la brièveté du jour. Catherine se dit : «Retourne marcher dans la rue achalandée. Quitte le parc. Sois mobile. Tu sais qu'il doit y avoir un sens à tout ceci, que le sens est peut-être justement ton pressentiment de l'infini.» Et si l'infini n'était nul autre que ce chaos destructeur que tous redoutent ? D'ailleurs, pourquoi est-il si difficile pour quiconque de s'en remettre à lui ? «C'est que le problème de l'infini appartient à la vie…» Catherine hausse les épaules, sourit.

Un chat rôde près d'un arbre. Lotus : c'est le nom que la vieille propriétaire de l'immeuble où loge Catherine donne à ce chat errant, qu'elle nourrit en même temps que sa dizaine d'amis. L'arbre lui envoie de petits projectiles. Le chat s'arrête pile, très surpris. Catherine, du banc face à la fontaine, regarde l'arbre. Il est plein de fruits. «Donne-moi aussi quelque chose», lui demande-t-elle.

Devant l'arbre, Catherine rejoint Lotus. Tandis qu'elle le caresse, ils bavardent un peu :

— La vie passe, le temps file, ronronne Lotus.

— Existe-t-il un moyen de savoir pourquoi la vie nous échappe ainsi ? demande Catherine d'une voix anxieuse.

— Mais non… Ne sois pas triste… rétorque le chat en se couchant sur le dos. Tu dois imiter le soleil à midi.

— Explique-moi donc, si tu le peux, ce que tu veux dire par là ? questionne Catherine.

— La vie, c'est rien, c'est tout, miaule Lotus.

Minh marchant sur la rue Sainte-Catherine Ouest
(décembre 2008)

«Assise sur une chaise de cuisine, pense Minh, s'enivre ma mère.»

Jour après jour, Minh aimerait mieux être écrasée par un camion que vivre en compagnie de cette épave. Après avoir bu, la mère a le visage drôlement bouffi. L'intoxication a submergé les yeux si bien qu'il n'en sort même plus ce qu'on appelle un regard. Être sortie de ça… C'est ce que Minh comprend trop bien! Le monde entier vient de là : rondeur des fesses, vernis à ongles, parfum d'Orient, cigarettes et spiritueux, sanglots et malédictions diverses. Pff! Vivante, la mère embarrasse sa fille par ses problèmes au point qu'elle l'assassine. La mère décédée, la place deviendrait si nette qu'il serait difficile de prouver qu'un tel utérus l'a engendrée, qu'une erreur pareille s'est produite. La mort est le plus grand événement parce qu'il est le plus franc, l'occasion de recommencer à zéro, tout d'un coup, comme une monumentale porte qui s'ouvre, par l'ouverture de laquelle se précipite un vent délicieux et à jamais délivré de la peine.

Jour après jour, Minh espère la mort de sa mère, n'est-ce pas?

Mais la peine de la fille est un drame plus compliqué que la mort de la mère, comme un fil rouge qui lie la collection de tristes événements, qui est pour ainsi dire tissé avec eux. Un lien qui l'élance parfois, comme un abcès de l'âme.

Non, non, Minh. Il faut fuir la mère. Qu'elle considère attentivement l'espace autour d'elle : les décorations de Noël, l'air fleuri de cristaux, les gaz d'échappement qui montent lentement des voitures dans le soleil couchant, les vitres tapissées de givre... Regarde, Minh... Les arbres arthritiques, le drame saisi par leur forme, si elle les observe bien, elle se remet à respirer normalement. C'est à croire que les arbres de la rue sont ses capteurs de peine personnels. Minh est sauvée par l'effort qui l'oblige à mieux voir la vie qui l'environne.

Minh fuit. Comme à l'automne, quand elle disparaît quelques jours avec le père d'une amie vers leur chalet dans le Nord. Elle porte un chemisier aussi transparent que l'air des montagnes. Elle l'enlève, s'allonge sur le lit.

— Essaie d'avoir l'air endormie, propose le père.

Elle ferme les yeux, une main sur le couvre-pied, l'autre sur son ventre. Face à face.

— Tourne-toi que je voie ton cul, propose à nouveau le père.

Le père de son amie gagne beaucoup d'argent, cela se voit par la décoration, les fenêtres sont vastes et habillées avec des voilages, les meubles sont anciens. Gourmande, la bouche de l'homme lui mange la rondelle avec appétit. Et quand Minh se retourne enfin pour qu'il l'enfile, c'est un paradis qui la ravit même aujourd'hui.

Mais revoilà le souvenir douloureux de la mère, paquetée et pitoyable, qui attend Minh au terme de ses oublis heureux. Son insupportable philosophie : celle de l'à quoi bon avancer d'un pas si c'est pour reculer aussitôt de deux ; celle des joies qui s'envolent tandis que les peines travaillent à nous user. Le vacuum de la mère. Vite, où Minh peut-elle se réfugier ? Où aller dans la ville blanche et en fête qu'arpentent les passants, des cadeaux entre les bras ? Sans compter qu'il fait de plus en plus froid.

Pour se réchauffer, Minh entre dans un magasin de journaux et de revues. Elle parcourt des magazines, ouvre un numéro de *Gaie France* intitulé « Photokid ». Elle s'arrête à la photographie d'un cadavre d'enfant asiatique, allongé sur une table métallique, les mains croisées sur sa poitrine nue, la tête posée sur un bout de bois. Son visage livide, aux yeux fermés et aux traits souriants, rappelle celui de Bouddha. Plus loin, elle contemple la photographie de Julia Arnold prise par Charles Lutwidge Dodgson, alias Lewis Carroll. L'enfant est assise sur un lit en désordre, le bras replié reposant sur des oreillers, la tête appuyée sur la main, les jambes croisées, les pieds nus et érotiques.

Beaucoup trop de monde circule dans le magasin. Le voisin de gauche, contraint à la modestie par des troubles de la peau, lui jette un regard en coulisse. Le voisin de droite semble morose et futile. Même sa façon de tourner les pages est déplaisante. Il porte des verres légèrement teintés, a le menton enfoncé dans le cou, les jambes écartées. Minh replace la revue, retourne dehors.

Petit à petit se vide la rue. C'est la veille de Noël, bientôt les magasins fermeront. Malgré cela, Minh continue de marcher, car c'est décidé : qu'elle pourrisse dans son trou, la mère. L'adolescente ne rentre pas. À la maison, c'est invivable. Dans la cuisine de leur appartement, la mère ne fait rien que se lamenter, les nombreux soirs où elle boit. C'est un exemple de lâcheté impardonnable. Si l'occasion se présente, cette nuit, dans la grande ville en train de réveillonner, Minh s'enfuira pour toujours.

Voyageurs attablés dans un restaurant
de l'autoroute 20 (mai 2009)

Isa porte des bas résille noirs qu'elle lisse avec ses doigts pour les redresser. Le jour hésite entre chien et loup. Isa glisse sa main sur la cuisse de Nicolae qui conduit. Le disque a cessé de jouer. Isa allume la radio, Nicu ralentit. La réparation d'un segment de route oblige les automobiles à circuler dans une voie seulement.

— Si on s'arrêtait là ? demande Isa.

Nicu fait le plein d'essence, stationne la voiture. Au restaurant, les deux choisissent une assiette de souvlakis.

À quelques tables plus loin, Sébastien interrompt sa lecture du *Soleil* pour demander à la serveuse : « Jean Charest et Pauline Marois sont dans un bateau en train de couler. Qui sera sauvé ? Le Québec ! » La serveuse lui adresse un sourire timide. Sébastien place sa commande, texte un mot à son collègue Daniel. Le message annonce son voyage à Rivière-du-Loup pour assister aux funérailles d'un proche et son absence de leur bureau de traduction jusqu'au surlendemain. Ensuite, Sébastien réfléchit au fait qu'il n'a pas traduit une ligne du livre qu'il a promis de livrer à son client avant peu. Il se voit suer sang et eau pour que les mots, organisés en phrases, organisées en paragraphes, réussissent à remplir les pages dans les délais. Son client, un homme qui porte le bouc et s'appelle Félix Saint-Pierre, l'invitera au lancement du livre, suivi des incontournables bistro français et bar de danseuses nues. La serveuse apporte à Sébastien son repas.

Isa et Nicu avalent un café avant de reprendre la route.

Replié comme un oiseau dans un œuf, Nicu dort. Sa tête repose sur son épaule, son visage semble prudemment divisé entre le plaisir et la douleur. Il paraît penser intensément, les yeux fermés avec son corps.

Isa remet un disque en marche. Commence le premier acte de l'opéra *Turandot* de Giacomo Puccini, avec ses notes initiales de film policier. La foule pékinoise harangue la lune pour qu'elle se lève et qu'enfin soit tranchée la tête du jeune prince de Perse. C'est de sa vie que paie le prétendant qu'ont vaincu les énigmes de la princesse Turandot, adorée mais froide comme l'épée que le bourreau aiguise. La lune levée, le prince de Perse meurt. Calaf, fils d'un roi tartare en exil, frappe le gong. Un nouveau prétendant à la princesse succède déjà au dernier. Comme ses prédécesseurs, le jeune homme est sourd aux avertissements des ministres Ping, Pang et Pong, qui attestent que ce gong n'est rien d'autre que la porte d'une grande tuerie. Là où on empale, écorche et décapite pour l'amour d'une Turandot qui n'existe pas, quand seul existe le Tao.

Sur le côté de la route défilent les panneaux de signalisation des sorties menant aux villages avoisinants : Saint-Louis-de-Blandford, Sainte-Anne-du-Sault, Sainte-Eulalie, Saint-Léonard-d'Aston, Notre-Dame-du-Bon-Conseil... Dans leurs rues, des maisons font voir des fenêtres jaunes, leurs stationnements contiennent deux voitures garées côte à côte. À l'intérieur, des enfants qui regardent la télévision répondent : «Oui, oui», quand leur mère dit qu'il faudra aller au lit après le prochain message publicitaire. Une femme applique du rouge à lèvres Rouge Absolu avant de chausser des talons hauts pour sortir souper au St-Hubert de Victoriaville avec son mari. Un cégépien en slip est en train de prendre dans le réfrigérateur quelques restants qu'il sera bon de grignoter au lit avec sa petite amie.

Peu à peu, la circulation s'intensifie au point de former un courant uniforme, presque une matière colloïdale. Nicu s'éveille et demande :

— Où sommes-nous ?

— On entre dans Montréal, lui répond Isa. Je t'emmène dormir chez moi ?

— Non, lui répond Nicu, vaut mieux pas.

Il doit mettre la dernière main à son déménagement à Toronto.

Elle se range dans la voie de droite de l'autoroute Décarie, prend la sortie menant à l'avenue Girouard, où il habite. Elle arrête la voiture à un feu de circulation devant un restaurant marocain. À l'étage, un centre de conditionnement physique expose une rangée d'appareils d'entraînement cardiovasculaire dans la lumière aveuglante de ses fenêtres. Un arbre imprime sa froissure au mur d'une maison éclairée par un lampadaire, non loin de l'espace libre où elle se gare.

— À Toronto, est-ce que tu auras un peu de temps pour me donner de tes nouvelles ?

Le visage de Nicu exprime à la fois contrariété et bienveillance.

— Qui vivra verra, Isa.

Elle embrasse Nicolae une dernière fois. Elle le regarde traverser la rue, disparaître dans son immeuble d'habitation minable.

John parlant au téléphone
(juin 2009)

Dans *Le Journal de Montréal,* une petite annonce indique : «Devant moi seulement, tu te mets à genoux. Viens voir ta belle maîtresse. Je t'attends cette nuit. 514 769-2681.»

Depuis deux mois, Minh travaille les samedis dans une maison luxueuse de l'Ouest de l'île. Elle y reçoit «Jaguar», chirurgien esthétique réputé. Le client revêtu d'un *zentaï* se fait ligoter les mains dans le dos. Minh scande de coups de fouet l'interrogatoire que subit Jaguar au sujet de sa vie. Enfin, il confesse qu'il n'en a pas. Elle se dispose donc à l'«immoler». À plusieurs reprises, elle comprime avec son pied le tube d'aération qui lui permet de respirer sous sa cagoule. À un stade avancé d'hyperventilation, il arrive à Jaguar de perdre connaissance. À son réveil, Minh le démasque. Elle écrase son visage sous sa chatte qu'elle n'a pas lavée de la journée.

John est avocat. Il passe ce beau samedi de juin à prendre un bain de soleil dans son jardin. La journée est splendide, il fait très chaud. Il s'étend sur une chaise longue couverte d'un matelas déhoussable bourgogne. Sur la table près de lui, une bouteille de chardonnay frais dans un seau isotherme côtoie un verre à vin blanc. John survole une revue de décoration en attendant de replonger dans *L'art du bonheur* selon Sa Sainteté le dalaï-lama. Voici un intérieur qui lui plaît : tout en reproductions d'antiquités et de doubles rideaux.

Son cellulaire sonne. C'est un ami de longue date, victime de harcèlement psychologique par un collègue hargneux. John lui parle longuement. Les conseils qu'il lui prodigue emplissent la cour. La conversation prend fin.

Un voisin mélancolique apparaît derrière la clôture qui sépare son jardin de celui de John. L'avocat l'invite à se joindre à lui. Le voisin grimpe sur la clôture pour l'enjamber. Il s'étend sur la chaise longue libre de l'autre côté de la table, pendant que John va chercher un verre à vin additionnel dans la cuisine.

À son retour, John questionne son hôte sur les plus récents développements de son divorce en lui versant à boire. Le voisin annonce qu'il en a perdu le goût de vivre. John se lance automatiquement dans un plaidoyer émouvant pour la vie qu'il termine sur une citation de Henry David Thoreau : « *Only that day dawns to which we are awake.* » La première bouteille vidée, une autre est débouchée. L'après-midi avance, les deux hommes sont de plus en plus ivres.

Rentrée du travail, une copropriétaire du triplex où vit le voisin les salue depuis la clôture. Elle aussi enjambe la clôture, s'assoit dans un fauteuil pliant que

John a sorti pour elle d'un cabanon. John débouche une nouvelle bouteille. La femme est bientôt aussi ivre que les deux hommes. Le soleil décline.

À peine la voisine aux anges dans les bras de John, lui aussi sur le point de s'endormir, que le téléphone se met à sonner. C'est Allison, la maîtresse de John, épouse d'un de ses clients. À l'entendre pleurer, John saisit qu'il est le seul à pouvoir lui sauver la mise. À la suite d'un appel anonyme aux autorités, le célèbre chirurgien avec lequel Allison est mariée a été découvert en combinaison de latex dans une chambre de motel, puis dépêché d'urgence à l'hôpital pour cause d'accident vasculaire cérébral.

John s'excuse aimablement auprès de la femme ébouriffée que le devoir humanitaire arrache à ses bras au milieu de la nuit, pour courir au secours d'une autre âme en détresse.

Jaguar survit à son AVC. Grâce à l'aide de John, sa famille évite le scandale. Sa vie change complètement. Devenu hémiplégique, il doit réapprendre à parler, à marcher, à boire et à manger. Ne pouvant plus travailler, il réduit son train de vie. Tout le côté droit de son visage est tombé et a l'air mort. Allison a beaucoup moins de temps à consacrer à John.

Après une tentative de suicide ratée, Jaguar est envoyé en psychothérapie. Concurremment, il se joint à un groupe d'entraide pour sadomasochistes. Un jour, on lui offre de témoigner dans un reportage sur les perversions sexuelles. À la télé, il décrit certaines pratiques pour lesquelles il payait des prostituées. Il tente aussi d'expliquer cet incomparable plaisir que lui procuraient les souffrances surtout morales occasionnées par ces pratiques. La voix de Jaguar a été électroniquement modifiée, son image est brouillée.

Daniel assis au bar de la discothèque du Night
(juillet 2009)

La semaine au bureau de traduction est terminée. En début de soirée, écouter un film vidange le cerveau. Daniel regarde *Guerilla,* la deuxième partie du *Che* de Steven Soderbergh. À la fin, le jeune soldat qui garde Guevara prisonnier lui demande en quoi il croit puisque les communistes ne croient pas en Dieu. Le révolutionnaire lui répond simplement qu'il croit en l'homme. «Mais comment croire à l'homme sans Dieu?» pense Daniel. Puis il médite ce qu'il va faire du reste de sa soirée. Vendredi soir, stationner une voiture semble trop compliqué. Il se rendra au centre-ville en métro.

À la station Villa-Maria, un couple d'aveugles descend le vertigineux escalier roulant en jasant. Leurs deux fillettes de six et huit ans environ s'amusent en attendant d'atteindre le bas. Une des filles décide de descendre sur une fesse la main courante. Aussitôt elle dévale la rampe, l'air hébété à cause de la grande vitesse à laquelle elle glisse. L'autre joue à se pendre à la main courante de façon à se trouver la tête renversée en arrière, ce qui lui donne l'agréable sensation de voler. La taie bleuâtre qui recouvre ses yeux suggère qu'elle aussi est atteinte de cécité. Enfin, les parents atteignent le pied de l'escalier. Ils se dirigent vers les quais, avançant au petit bonheur grâce à leurs cannes. Ils rappellent leurs filles près d'eux, mais elles sont déjà en train de jouer à chat perché en riant sur le quai.

Dans le wagon, un homme assis qui ne semble pas avoir toute sa tête fixe d'un air penaud l'érection qui soulève bien haut le devant de son pantalon. Dehors, la rue fourmille de mendiants et de jeunes.

Daniel entre lire dans un café. Un des jeunes dans la file devant le comptoir porte un tee-shirt où il est écrit *Ego Trip*. Un autre parle avec intensité dans un cellulaire en promenant son regard autour de la salle comme s'il cherchait quelqu'un. Les filles ont de longues jambes montées sur des talons aiguilles. Deux d'entre elles se rencontrent dans le café, s'extasient en tombant dans les bras l'une de l'autre. Les vêtements qu'elles possèdent sont griffés. Leurs accessoires, sacs à main, lunettes de vue, le sont aussi. « Pourtant, une image ne guérit de rien », se dit Daniel.

Parmi les belles et les beaux d'une table proche de la sienne se signale le boute-en-train de la bande. Il porte son col de chemise relevé, des lunettes aviateur à verres marron dégradé. Il pointe son index devant lui, le menton levé, pendant que les autres l'écoutent en riant. Une fille en camisole échancrée est à ses côtés. L'ennui qu'elle respire n'est qu'un air qu'elle se donne. Comme ses voisines de table, elle a de gros seins. Debout contre elle se tient un gars coiffé d'un casque d'écoute sans fil. Les écouteurs sur les oreilles, il s'adresse au boute-en-train. Il a en main des clés de voiture. Le boute-en-train fait la bise à ses amis. Alors que les deux garçons s'éloignent de la table, la fille à la camisole échancrée lance à la volée :

— Ciao ! Bon cinoche !

Daniel considère avec pitié les cheveux blonds oxygénés du garçon aux énormes écouteurs qui sort du café.

Daniel quitte le café pour aller boire de l'alcool. Il descend à pied le boulevard Saint-Laurent jusqu'au Night. Une femme passablement ivre profite de sa présence au bar du billard pour engager une conversation :

— L'autre fois, j'arrive ici en début de soirée, raconte la femme. L'homme avec qui j'ai un rendez-vous m'attend devant l'écran géant. Il cale sa bière et on s'en va. Sur la rue, je lui pogne les fesses un peu et ça l'excite tellement qu'au Cinéma du Parc, il arrête pas de me peloter. Même qu'à un moment donné, il se détache le pantalon et se sort la queue pour que je le caresse. C'est pas un film cochon – on joue *Vicky Cristina Barcelona* –, et malgré qu'on est assis quelques rangées devant tout le monde, le reste de la salle est remplie d'amateurs de cinéma de Woody Allen. Je suis pas vraiment à l'aise, mais je veux aller jusqu'au bout de l'expérience. Finalement, ce genre de chose ne m'a jamais excitée. Après, on rentre en taxi chez moi. À la maison, on baise presque aussitôt. Très vite, le gars veut me monter et ça dure un temps fou à rien sentir et à essayer de jouir. Il me demande des trucs comme : «Au cinéma, tu avais le goût hein ?» ou «C'est bon, mon bébé ?» Et moi, je réponds : «Oui», va savoir pour quelle raison. Pourquoi ne pas lui dire la vérité : « Je sens pas grand-chose et je me force désespérément pour venir. » Mais je dis jamais rien aux hommes. J'ai peur de les perdre. J'aime mieux être avec un débile qui murmure en me poussant vers le lit qu'il a envie de « manger du poisson » que de me trouver seule. Je suis dépendante affective, tu sais, et pas mal sentimentale en plus…

Tandis que sa voisine égrène ses histoires de cœur, Daniel se rappelle la dernière fois qu'il a vu son ex-petite amie. Ses yeux, en train de le regarder par en dessous, étaient exaspérés. Sa bouche soigneusement dessinée avec du rouge à lèvres voyant faisait la moue. Son ex s'ennuyait à mourir dans ce magasin où elle était venue louer un film en compagnie de Daniel.

— Heureusement, la vie n'est qu'un mauvais rêve, répond Daniel à la femme.

Mais elle continue à se raconter sans l'avoir entendu.

Le lendemain, le soleil entré par la fenêtre tombe sur la partie gauche d'un bureau. Tout est blanc et nu dans la chambre, comme Daniel. Il se tient debout, dans le soleil, devant un lit étranger. La femme du Night s'étire sous les couvertures. Elle s'allonge sur le dos, un bras replié sous la tête, pour le regarder.

Soudain, la femme éclate de rire. Ses épaules en sont secouées. Ses yeux fermés se plissent et sa bouche est ouverte. Elle rit un bon coup.

« Craindre la mort, c'est faire trop d'honneur à la vie », constate Daniel. Il quitte la chambre pour se rendre aux toilettes.

Clients assis au bar de la discothèque du Night
(juillet 2009)

Juliette étend les bras au-dessus de sa tête pour s'étirer. Après le souper, elle s'est endormie sur le lit aux gros coussins qui lui sert de divan. Le rêve qu'elle a fait était compliqué et érotique.

Elle installe dans le lecteur de disque optique le documentaire sur l'architecte «technoromantique» James Turrell qu'elle a emprunté il y a quelques semaines au Centre canadien d'architecture. L'emprunt arrive à échéance le lendemain, c'est le moment ou jamais de le visionner. Aux stupéfiantes installations en lumière naturelle du Roden Crater dans le désert de l'Arizona succèdent d'impénétrables levés topographiques aux courbes mantriques semblables à des empreintes digitales d'extraterrestres.

Juliette éteint les appareils, remet le disque dans son boîtier. Par une haute fenêtre à carreaux sans rideaux de son loft, elle regarde surnager les phares des voitures à la surface irisée de la rue, puis elle s'écrase de nouveau sur le lit. Il est près de minuit, elle n'a pas sommeil. Juliette se relève, décidée à sortir.

Au bar de la discothèque du Night l'accueille

invariablement un barman un peu con mais sympathique. Comme Juliette, il est photographe. Cette fois, en lui servant sa bière préférée avant même qu'elle la lui commande, il lui propose de regarder un album qu'il vient d'acheter. Le thème exploré par les artistes est la misère dans le monde.

Juliette jette un œil au livre en sirotant sa bière. Certaines photographies sont particulièrement cruelles. En voici une du nettoyage d'un village rwandais après une nuit de boucherie. La pelle du tracteur à roues y déborde de cadavres aux membres disloqués et aux visages extasiés de délivrance ou distordus par l'horreur. Voilà celle d'un Africain affamé, aux membres aussi maigres que les branches desséchées qui pendent au-dessus de lui. L'homme est forcé de marcher à quatre pattes pour se déplacer vers sa case. Une autre montre une grande main luisante d'homme religieux blanc. Cette main tient la minuscule menotte émaciée d'un enfant noir, rendue tellement petite par la sous-alimentation qu'on dirait une fragile patte d'oiseau.

Par la porte qui donne sur l'escalier menant au billard, des gens continuent d'entrer. Juliette conclut que rien de personnel ne semble justifier leur présence ici, parmi les élus, plutôt qu'ailleurs, chez les damnés. Aucun d'eux ne semble ni meilleur ni pire que les autres. Ce qui les différencie est seulement extérieur. Il est facile de comprendre que, livrés à un milieu plus inhospitalier, ils ne seraient pas à la hauteur non plus. C'est-à-dire que tous paraissent pleins de ce qui les entoure comme toujours. Dans des circonstances moins heureuses, ils auraient très bien pu se trouver sur une des pages qu'elle est en train d'examiner.

Un premier homme prend place sur le tabouret à sa droite. Il est vêtu d'une chemise et d'un pantalon achetés dans une boutique spécialisée en vêtements de plein air. D'une voix longuement exercée à l'expression de la confiance, habile à la dissimulation des fausses notes, il commande un verre de rouge. «Rien qu'un humanitaire de carrière, se dit Juliette. À tout prix à l'abri du malheur, donc sans véritable vocation.»

— À propos des photos ? lui demande tout à trac le barman, en faisant tournoyer dans sa main un verre vide, avant de le remplir à la fontaine de bière en fût qui se trouve entre eux.

Juliette pèse ses paroles. En fin de compte, si elle ne veut pas qu'il cesse de faire attention à elle, elle a intérêt à ne pas dire toute la vérité. La plupart des photos empestent les bons sentiments et la complaisance artistique.

— Elles sont réellement formidables ! lance-t-elle en lui remettant l'album, certaine qu'il n'en demandera pas plus. Le garçon est du genre à aimer entendre évoquer chez d'autres ses propres convictions, pour se livrer ensuite à des gloses interminables.

«Sympathique, mais un peu con», se redit Juliette à propos du jeune homme qui, comme prévu, lui retrace par le menu les curriculums des photographes. Néanmoins, elle approuve par avance tout ce qu'il dit, dans l'espoir qu'il continue de s'occuper d'elle et qu'elle se sente un peu moins ridicule, assise seule dans ce bar.

Le barman est reparti servir de la bière à d'autres. Un homme a pris place à gauche de Juliette. Pas de chance cependant! Ce n'est pas non plus un homme de qui elle pourrait se faire comprendre, devant qui elle pourrait s'écrier à la manière d'un performeur anarchiste dans une de ses plus cyniques vidéos : «Mais que et où serions-nous, comme je le pense, si les choses n'étaient pas ce qu'elles sont?» À qui elle pourrait confier qu'elle aime secrètement les terribles représentations de la condition humaine où on trouve des bennes remplies de cadavres ou des têtes coupées flottant sur l'eau. Comment dire à cet homme : «Je jouis intérieurement d'une infâme pornographie», sans qu'il aille aussitôt la condamner ou en tirer sexuellement profit?

Musiciens invités à la discothèque du Night
(juillet 2009)

Ainsi, aucun homme n'aurait su comment fabriquer du feu, mais tous se comportent comme s'ils en étaient les propriétaires. Juliette continue de songer en souriant qu'aucun n'eût même pensé à le voler, encore moins à le partager avec des victimes de déluge !

Pauvres, pauvres êtres de terre glaise. La plupart d'entre eux ne voient-ils pas la bague qu'ils portent ? Comme celle de Prométhée, elle est fabriquée avec l'acier de leurs chaînes et un morceau du rocher sur lequel ils étaient autrefois attachés... Ne voient-ils donc rien de ce qui leur arrive réellement ?

Rien, pense Juliette. Le déferlement d'irrésolu aurait bientôt fait de les précipiter hors de leur navire, jusque dans des eaux profondes où ils se seraient noyés. Qu'ils restent là où ils sont : à admirer la vue de leur pont promenade ; à affirmer tranquillement que la Lune, ce satellite de la Terre, est soit dans son premier ou dans son dernier quartier ; à dépêcher leurs oiseaux quand ils acceptent de s'entretenir avec les dieux. Qu'ils s'éveillent donc le moins possible, et demeurent un peu sauvés puisqu'ils ne sont pas tout à fait perdus.

Les musiciens invités font une pause. Juliette quitte son tabouret pour traverser la salle jusqu'aux toilettes. Des hommes, alignés contre un mur, boivent de la bière. L'éclairage des lumières halogènes dirigées sur eux leur donne un air de brutalité propice à un bar.

Un autre homme, appuyé contre un haut-parleur, parle à une fille très décolletée, comme un oiseau en parade nuptiale. Il communique à grand renfort de mouvements du corps et de gestes de la tête, depuis que l'assourdissante musique de discothèque a repris. Un jeu de lumières gribouille des formes psychédéliques de différentes couleurs sur le plancher vide de la piste de danse.

Juliette entre dans les toilettes, verrouille la porte derrière elle, s'arrête devant le miroir. Oui, une image familière l'y attend, mais comment savoir si cette image, «c'est moi»? Moi. Ce mot la fait rire si souvent. En fin de soirée, quand elle renonce à fuir sa solitude, elle se met à rire avec «moi» dans le miroir.

Après avoir ri, elle respire. Somme toute, la fraternité entre les hommes ne mérite pas souvent d'être célébrée. Possible que le monde fonctionne de travers comme une mécanique déréglée. C'est sûrement cela. Quelque chose est terriblement troublé dans la création, jusqu'à commettre des créatures comme les humains : innocents au départ, mais de plus en plus nuisibles avec le temps.

Juliette refait son maquillage. Pour savoir à quoi elle ressemble quand elle a fini de s'apitoyer sur son sort ? Même pas. La meilleure façon de se préserver de ses semblables demeure une bonne image.

Le lendemain, dimanche, c'est l'anniversaire de sa mère. Celle dont elle parle presque continuellement quand elle discute de ses problèmes avec sa psy :

— Ma mère, c'est la femme qui suit mon père coopérant en Afrique, où elle commence à boire à midi et, à dix-sept heures, lève son verre « à tous les gens qui crèvent de faim icitte » ! La dernière fois que je lui rends visite, les rideaux sont tirés, pourtant la température extérieure est magnifique. Elle m'accueille comme de coutume un drink à la main, en délirant sur le fait que, malgré la visite quelques jours auparavant d'un réparateur, son réfrigérateur « coule ». Si bien qu'elle se trouve tellement malchanceuse qu'elle pense des fois devenir folle ou aller se jeter dans le fleuve ! Puis elle bougonne des injures contre les parents dont elle a entendu dire aux nouvelles qu'ils ont laissé mourir de faim leur bébé naissant (« Les gens d'aujourd'hui sont pas des malades, mais des monstres… ») Avant de pester aussi contre les Arabes, parce que sa coiffeuse a récemment eu un amant maghrébin qui est devenu jaloux de son caniche, au point qu'un jour où elle est partie travailler, il a battu à mort la pauvre petite bête inoffensive (« Ces monstres-là sont pas comme nous autres… ») Suit l'éternel réquisitoire contre feu son premier mari, c'est-à-dire mon père : comment il insiste, lorsqu'ils divorcent, pour récupérer certaines photos de leur séjour en Afrique ; mais puisque, selon elle, les photos sont autant à elle qu'à lui, elle les lui refuse. Il la traite alors d'ancienne danseuse avant de la frapper en menaçant de la tuer; elle se décide à le poursuivre en justice; il vit un certain temps dans sa voiture à écouter le groupe de rock Blondie, avant de se présenter en cour avec les cheveux longs. Finalement, il passe quelques années avec une directrice d'école, puis décède d'un cancer.

Juliette compose le numéro de téléphone de sa mère en vue de lui souhaiter : «Bon anniversaire, maman.» Pendant que la mère profite de cet appel pour raconter ses nouveaux malheurs, Juliette, afin de passer le temps, arrache à la pince certains poils de ses jambes ayant repoussé depuis sa dernière épilation au laser.

O.K., le soliloque de sa mère prend fin, elle raccroche. Pour ne pas encourir une amende, elle rapporte le film à la bibliothèque du Centre d'architecture. Elle dérive sans but parmi la foule étincelante de la rue Sainte-Catherine. Dans le grand magasin Ogilvy, un sac à main irrésistible attire son attention. Juliette s'en empare discrètement, quitte le magasin sans le payer.

Minh et Adela au billard du Night
(juillet 2009)

Un garçon traverse la rue Sainte-Catherine à l'angle de Stanley. C'est un grand Noir vêtu d'un jeans *baggy* « camouflage » et d'une chemise à gros dragon détachée, flottant sur un débardeur. Une fille le suit. Elle est Noire, elle aussi, et porte un pantalon moulant rouge. Une troisième personne les accompagne, un petit Blanc coiffé d'un « bonnet casquette » *street wear,* tenant une bouteille de bière de 750 ml dans un sac de plastique. Le petit Blanc s'attarde devant la vitrine d'Ogilvy. Des mannequins élégamment vêtus sont debout parmi des grizzlys grandeur nature : comprenne qui pourra. Les deux autres lui crient de se dépêcher. Le petit Blanc avale le reste de sa bière. Il a les mains moites et les yeux lui piquent.

Le grand Noir dit à ses amis de l'attendre. Il sonne à l'entrée d'un immeuble d'habitation délabré de la rue Towers. Un déclic se fait entendre. Le Noir entre, appelle l'ascenseur, frappe en douce à une porte. Quelque peu agacée, Minh se lève pour répondre. Par l'œilleton, elle regarde Joachino, soupire. Se sachant regardé par Minh, Joachino fait jouer sa langue hors de sa bouche d'un va-et-vient sexy. Minh ouvre, le fait entrer.

— Ça fait un bail que je t'ai pas vue. J'étais inquiet, dit Joachino.

— Au fond, je suis juste fatiguée. C'est rien, répond Minh.

Joachino avance vers la table de la cuisine. Il prend une cigarette dans un paquet posé là, l'allume.

— Encore une histoire d'argent ?

— Plutôt une histoire de cul…

Joachino lui jette un regard enjoué. Il s'approche d'elle, lui prend une main qu'il colle sur son sexe :

— Je t'en prie, raconte-la-moi…

Penchée au-dessus de la table, le chandail relevé et le pantalon baissé, Minh marmotte une sorte d'histoire tout en suivant la queue de Joachino avec son cul. Puis elle se rajuste, s'assoit à la table, fume une cigarette. Et lorsque Joachino revient des toilettes, il admire un moment son beau visage asiatique tourné vers la fenêtre.

Joachino et Minh rejoignent les deux autres dans la rue. Ils hèlent un taxi parce que Joachino a rendez-vous au Night avec des clients vers dix-huit heures. Le billard est tranquille. Bono chante « *Home… that's where the heart is.* » Adela, la Sud-Américaine qui travaille au bar, paraît n'avoir que seize ans. Toutefois, elle sert à boire aux clients comme si elle en avait le double. Joachino lui commande un pichet de bière et réserve une table.

Joachino et le petit Blanc sont des amateurs de billard. Tour à tour, ils poursuivent leur attaque chirurgicale. Les billes s'entrechoquent vigoureuse-ment, se font couler dans les poches avec précision. Les filles perchées sur des tabourets suivent la partie des yeux en prenant des poses provocantes. Le temps passe sans qu'on le remarque comme pendant une danse langoureuse.

Le rendez-vous de dix-huit heures se présente à la table de Joachino. Ce sont deux Russes au teint crayeux et aux yeux enfoncés. L'un d'eux porte un survêtement rouge à rayures blanches Adidas Déca-thlon Pro. L'autre, à son regard de pigeon épouvanté, à son porte-clés BMW, à ses chaussures de cuir souple, semble le porte-parole de la paire. Joachino les en-traîne vers l'arrière du billard, contre les jeux d'arcade.

La soirée est avancée. Le billard est plein. Joa-chino et ses amis sont drogués et ivres. Les Russes ne jouent pas au billard, mais ils aiment se droguer et boire, faire rire les filles avec des attouchements faus-sement maladroits. Ils se vantent de connaître un en-droit de rêve où ils pourraient emmener leurs amis dans leur puissante voiture allemande. Joachino est enfin d'accord. Il règle les frais du billard à la caisse du bar, une liasse de billets de cent, de cinquante et de vingt en main.

Les filles tiennent difficilement sur leurs hauts ta-lons. La bande descend bruyamment la rue de Bullion jusqu'à la voiture stationnée, en se prêtant main-forte pour ne pas débouler.

Après l'autoroute 15 Nord, les Russes s'engagent sur de quelconques routes secondaires jusqu'à une luxueuse demeure située entre un lac et des montagnes.

Dans la maison vide, dans l'immense salon où se trouve un cinéma maison, les jeunes boivent et se droguent sans répit.

Le petit Blanc fait jouer le classique de *rapcore, Battle of Los Angeles*. Zack de la Rocha hurle : «*All hell can't stop us now! All hell can't stop us now! All hell can't stop us now! All hell can't stop us now! All hell can't stop us now! All hell can't stop us now!*» Les Russes s'amusent avec la Noire au pantalon rouge. Ils marchent derrière elle en reluquant ses fesses, s'assoient tout près pour taquiner ses tétons, baisent ses chaussures ou les lui enlèvent, lèchent ses pieds ou mâchonnent ses chevilles. Joachino se fait sucer par Minh dans la cuisine et il est sur le point de venir. Le soleil se lève sur le lac en grandiose David dévêtu, mais les nuages accourent déjà pour le couvrir. Les arbres secouent au vent leurs perruques soyeuses. Un corbeau s'envole en poussant son drôle de croassement.

Daniel et Sébastien dans leur bureau de traduction
(juillet 2009)

Devant un dépanneur de la rue Snowdon, un chien trempé attend son maître, attaché par une laisse à un panonceau de stationnement. Un garçon tend un casque à une fille, ils foncent dans la pluie sur leur moto. Un panneau-réclame exhibe un homme en train de goûter avec son doigt la Sangster's Original Rum Cream, tandis que des mains de femme lui couvrant les yeux l'empêchent de voir ce qu'il déguste. Une itinérante attablée devant une tasse de café dans un restaurant confie son galimatias aux pages d'un cahier à spirale gondolé. Un homme à l'esprit dérangé, assis devant un miroir, s'inquiète de la présence de son jumeau à une table voisine. Assis au comptoir, un vieux gardien de nuit ayant fait son cours classique attend d'aller travailler dans une tour à condos non loin de là. Les gens dans l'état actuel de la société lui paraissant plus corrompus par leur raison que par leurs passions, il renonce à les comprendre.

Daniel quitte le restaurant, monte dans sa voiture, s'engage sur l'autoroute Décarie en direction du sud. Après l'échangeur Turcot, il accélère le court temps qu'il faut pour atteindre la sortie Atwater de l'autoroute Ville-Marie. Un jour, le verdissement des toits fera perdre au panorama urbain sa mine maussade. Le remplacement du corridor autoroutier par un boulevard à forte capacité de transports collectifs favorisera le développement d'un milieu de vie conçu à l'échelle humaine plutôt que pour l'automobile. Daniel s'engage dans la bretelle de sortie qui mène jusqu'à la rue Rose-de-Lima. Il vire à gauche sur Notre-Dame, à droite sur Des Seigneurs. Il tape le code de la porte d'entrée d'un immeuble à bureaux, emprunte l'ascenseur jusqu'au troisième.

— Encore là? demande-t-il à Sébastien en pénétrant dans leur bureau de traduction.

Sébastien lui répond qu'il a de nouveau accepté un contrat à forfait pour la traduction d'un livre à paraître dans la collection «Psyché» que dirige Félix Saint-Pierre aux éditions Philanthrope.

À droite, Daniel dépasse une table basse Lifter d'Andreas Weber placée devant un canapé Hemingway d'Ou Baholyodin. À gauche, il rejoint les tables pliantes en merisier russe qui leur servent de bureaux, assorties à des chaises ergonomiques à roulettes et appuie-bras. Au mur devant les tables, une bibliothèque en métal Armida d'Isanni & Bonanomi côtoie une demi-douzaine de classeurs métalliques achetés d'occasion. Dans les fenêtres du fond se répètent les nombreux carreaux devant lesquels un figuier pleureur devient trop gros.

Daniel retire une chemise d'un classeur. Sébastien continue sa traduction, le visage tendu vers un écran d'ordinateur, le texte à traduire installé à sa gauche sur un support vertical muni d'un bras ajustable.

Daniel s'assoit à sa table de travail pour vérifier le contenu du dossier.

Le chapitre que traduit Sébastien appartient à un ouvrage en psychologie humaniste. Il traite de la peur des autres définie comme le souhait de produire une impression favorable accompagné de l'idée qu'on ne peut pas y parvenir. Le texte explique que l'anxieux social adulte a probablement connu une faible estime de soi durant son enfance. Il souffre très souvent d'anxiété d'anticipation, autrement dit, il n'est pas rare qu'il habite un univers catastrophique.

Sébastien marque une pause, se lève, avance jusqu'à un classeur duquel il tire une bouteille de pur malt Nikka Taketsuru 21 ans et deux verres. Il dépose les verres sur la table de Daniel.

— Il paraît que parmi les phobies les plus courantes, il y a celles d'utiliser le téléphone ou de manger chez soi avec des proches, dit Sébastien en versant l'alcool.

Daniel sourit. Il prend le verre que lui offre Sébastien.

— *Amarea...* C'est un mot japonais qui veut simplement dire le besoin d'être avec les autres, prononce Daniel au moment de porter un toast.

Les deux hommes savourent le whisky.

Daniel reprend son examen, Sébastien sa traduction. Maintenant, le texte explique que chez les Allemands et les Japonais, la réussite étant sociale et l'échec individuel, la timidité sévit plus souvent. Par contre, chez les Israéliens ou les Juifs américains, la réussite étant individuelle et l'échec social, la timidité est moins courante.

Sébastien soupire d'ennui, lève les yeux sur Daniel. Celui-ci a terminé son étude et se nettoie les mains avec un gel désinfectant. D'une fiole, il verse une poudre blanche sur un miroir qu'il vient de déposer sur la table basse devant le canapé. À l'aide d'une lame, il trace quatre lignes. De son portefeuille, il fait sortir un billet de cinquante dollars neuf, qu'il roule en forme de tube. Il allonge le billet en direction de Sébastien, qui s'approche de la table, le saisit, se penche au-dessus du miroir où sont tracées les lignes.

Son reflet a les yeux mi-clos, le visage doux tandis qu'il renifle la drogue en deux temps, un pour chaque narine. Immédiatement dilatées, ses pupilles jouissent d'une vision différente où pénètre plus de lumière. Sébastien essuie les restes de drogue avec un doigt humide qu'il frotte sur ses gencives pour les engourdir. Daniel sniffe la poudre à son tour. Les secondes initiales sont suspendues dans un vide lumineux et aérien.

Envahi par une irrépressible envie de bouger, Daniel suggère de sortir faire la fête. Sébastien cherche frénétiquement dans un tiroir le disque parfait pour la voiture.

— Tu sais, la compilation avec *Sick, Sick, Sick* de Queens of the Stone Age, *Abandon Ship* de Gallows, *We Must Obey* de Fu Manchu…

Daniel éteint puis rallume les lumières par saccades pour inciter Sébastien à faire vite. Sébastien brandit le DC d'un air triomphant.

L'ascenseur redescend trois étages. La ville se décrotte dans la pluie de l'autre côté de la porte. Daniel et Sébastien sautent dans la voiture. En route pour le Night !

Daniel et Sébastien assis au bar du billard du Night
(juillet 2009)

Deux silhouettes grandeur nature de Hamilton et Alonso photographiés en pied avoisinent un jeu vidéo de course d'automobiles. Le reste du décor – lampes, rideaux, tableaux – imite l'art déco. Le bar occupe le centre de la salle. Des tables de billard remplissent l'espace devant le bar.

— Messieurs?

Adela porte une robe fourreau avec décolleté plongeant. Ses abondantes tresses africaines tombent comme des cordons de soulier sur ses épaules. Daniel pense qu'œil innocent et bouche sensuelle sont les coquetels préférés d'Arsène Lupin. Sébastien commande deux doubles Glenlivet sans glace. Les hommes avalent leur consommation.

Daniel invite Sébastien à quelques lignes de poudre. En traversant le billard en direction des toilettes, il songe à cette légende inca où une belle femme est découpée en morceaux qui se transforment aussitôt en plants de cocaïne. Les bourreaux remisent les plants dans des sacs devant rester fermés jusqu'à ce qu'ils pratiquent l'acte sexuel sinon les feuilles ne pousseront pas.

Les toilettes sont équipées de haut-parleurs qui diffusent la même musique que dans le billard. Le chanteur raconte qu'il a été bon garçon parce qu'il savait que son amie ne voulait pas qu'il le soit. Daniel renifle avec volupté les lignes de drogue sur le couvercle du réservoir de la cabine que Sébastien vient de libérer.

Celui-ci, de retour au bar, a commandé deux autres doubles scotches. Daniel trinque avec lui en déclarant que la joie est aussi une technique de survie. Sébastien regarde autour de lui comme s'il cherchait quelqu'un. Il repère enfin la personne en question, manœuvre vers elle en souriant.

La fille qu'il salue a le bras droit couvert d'un tatouage en couleur. Elle le reconnaît d'un air rayonnant, depuis la table de billard où elle dispute une partie avec des amis. Sébastien l'a rencontrée l'autre soir au vernissage de l'exposition du Musée d'art contemporain sur les artistes de la performance où Daniel et lui avaient été invités. Elle s'appelle Juliette Ostiguy, elle est artiste-photographe. Sébastien serre la main des amis de la jeune femme. Juliette a fini, c'est au tour de l'un d'eux de jouer. Il ressemble à un protagoniste de film noir avec son pantalon de ville à bretelles, sa chemise blanche à cravate étroite et son chapeau de feutre. «Encore un personnage en quête d'auteur», pense Daniel.

Seul au bar, il se remémore certains artistes de la performance à l'honneur de cette exposition où Sébastien a rencontré Juliette. Un performeur extrémiste autrichien des années 1960 boit son urine, s'enduit la peau de ses excréments, s'inflige des lacérations à la poitrine et au visage lors de performances visant à exprimer la sauvagerie du moi et à purifier le corps des toxines de la civilisation. Sur une note plus ludique, un performeur italien expose dans une galerie des objets qu'il a volés dans une autre galerie. Le même artiste ouvre à New York sa propre galerie d'art qui est fermée en permanence en signe de contestation. Daniel pense que voilà la galerie d'art rêvée.

Il commande un autre double scotch. Il se demande en payant Adela s'il reste assez de coordination à ses mouvements pour remettre son portefeuille dans la poche de sa veste. L'effet de la cocaïne diminuant, l'ivresse le gagne rapidement. Une femme se retourne vers Daniel au moment où le portefeuille lui glisse des mains pour aboutir sous son tabouret. Daniel revoit en se penchant en avant avec difficulté cette scène finale du *Crabe aux pinces d'or,* où le capitaine Haddock, s'adressant à une ligue antialcoolique, proclame que le pire ennemi du marin n'est ni la tempête qui fait rage, ni la vague écumante qui s'abat sur le pont, ni le récif perfide caché à fleur d'eau qui déchire le flanc du navire… L'inconnue s'étant déjà acquittée de la tâche de ramasser le portefeuille le lui remet en l'aidant à se redresser. Daniel se souvient aussi du catoblépas, cet animal mythologique au crâne tellement lourd qu'il le traîne par terre ou le roule lentement autour de lui. Daniel se tient immobile, la tête entre les mains, les yeux fermés, la bouche entrouverte. L'inconnue lui demande si ça ira. Daniel se rappelle alors que quiconque voyait les yeux de cet animal en mourait. Il lui répond en lui interdisant de le regarder.

— Et pourquoi c'est interdit ? demande l'inconnue en riant.

— Parce que je suis devenu un animal qui tue ceux qui ont le malheur de lui voir les yeux, répond Daniel en couchant son visage dans le creux de son bras sur le comptoir.

L'inconnue lui caresse le bras dans un geste de sympathie. Elle caresse son épaule, puis sa nuque à la naissance des cheveux. De là, sa main remonte délicatement jusqu'à l'oreille, redescend aussi délicatement dans le cou. Daniel tourne la tête sur le côté pour la regarder. Il ouvre les yeux et plutôt que de mourir, l'inconnue recommence à rire.

MUR DU FOND,
GRANDS FORMATS EN COULEUR

La grand-mère et l'ange de la mort
(hommage à Duane Michals, août 2009)

C'est à cette époque qu'un étranger sonne à la porte de la grand-mère de Juliette. D'abord, il se présente à la vieille femme en lui disant un nom. Vu qu'elle ne connaît personne de ce nom-là, il lui en dit un autre, puis un autre, encore un autre, jusqu'à ce qu'elle lui en associe un familier. Elle l'arrête. L'étranger s'appelle Roland.

Roland est assez beau garçon : âgé d'une trentaine d'années, avec des cheveux qu'il commence à perdre et un long nez, sous lequel il porte une fine moustache. Il a l'air méditerranéen. Mais ce qu'il y a chez lui de magique, c'est qu'il paraît être une très bonne personne. Il ne sourit pas de façon tapageuse. Sa gaieté est nostalgique. Cette nostalgie trouble beaucoup la grand-mère. D'emblée, elle ne veut pas laisser entrer Roland dans la maison, alors il insiste gentiment. En fin de compte, elle l'invite à s'asseoir dans le salon. Il la remercie. Elle va leur faire du thé.

Les nuages envahissent le ciel. Le soleil n'est plus en vue nulle part, ni au sud, ni à l'est, ni à l'ouest, encore moins au nord. Pour briser le silence, Roland hasarde :

— Malgré tout, le soleil brille quelque part.

Ensuite, ils entendent un oiseau crier. La grand-mère gémit faiblement. Un vertige s'empare d'elle. Elle vacille sur ses jambes, la théière a déjà effleuré le rebord du plateau. Roland le lui enlève des mains juste au bon moment. Doucement, un bras autour de ses épaules, il la dirige vers le canapé, où il l'aide à s'allonger.

— C'est cet oiseau-là? lui demande-t-elle d'un ton confidentiel, comme si elle connaissait intimement cet étranger, comme s'il savait parfaitement de quoi elle voulait parler.

Il lui répond :

— Oui.

Elle s'évanouit. À son réveil, Roland lui tient toujours la main.

— Écoute il y a tant de choses qu'il faut que je te dise! chuchote-t-elle à l'oreille de Roland.

Seulement, comment lui expliquer? Que la vie ordinaire ourdit contre le mystère une intrigue de la raison dont la conscience n'arrive même pas à soupçonner l'existence. Que généralement, le mystère dévide en vain autour de l'ordinaire ses volutes insanes. Hélas, l'intrigue de la raison ne peut empêcher indéfiniment l'intrusion de l'insensé ni conjurer éternellement son vertige. Le mystère a la même nécessité empruntée à l'ensemble que la raison qu'il désorganise pour engloutir l'ordinaire. C'est ce que la mort de la grand-mère fait comprendre à sa vie, comme le ferait comprendre la fumée au bois ou la chaleur au feu. Semblable à la robe que le serpent abandonne en ondulant parmi les pierres, le mystère laisse la dépouille gisante de l'ordinaire s'éloigner à mesure qu'inexplicablement le point de vue de la grand-mère s'élève au-dessus du toit de la maison. Avec le recul se voient très bien des volutes jaunes, rouges et bleues envelopper l'épi fauché qui s'appelait son corps. Grandes sont les leçons que le mystère lui prodigue ! Il travaille à dégager la réalité des liens étroits de sa raison. Il inonde de lumière blonde le vertige de la fin, pour que son point de vue, attiré par la clarté inaccoutumée, puisse en s'envolant devenir illimité…

Roland lui demande de se calmer. Car elle lui parle si confusément, sans même terminer la moitié des phrases qu'elle commence. En effet, elle est comme une possédée. Elle voudrait tant communiquer l'image limpide qu'elle détient momentanément de ce qui lui arrive. Ses mots poursuivent cette chimère à exprimer, chacun d'eux parvient à isoler un fragment de la vision. Du présent de l'éternité. Mais qu'est-ce que cela signifie ? Un à un, les instants innombrables de sa vie, elle les saisit. Pourtant il n'est pas question de les reprendre depuis leur commencement. Cette vie-là, son importance niée à mesure que se succèdent les secondes, déjà ne signifie presque plus rien.

— Je suis entièrement revenue à moi, dit-elle à Roland, d'une voix à nouveau tranquille.

— Vous vous êtes évanouie.

— Oui.

Elle s'est rassise. Ils boivent en silence le thé. Un calme particulier imprègne la maison. Une sorte de pellicule de silence que rien au monde ne peut traverser. Elle se sent parfaitement en sécurité.

— C'est cet oiseau-là? demande-t-elle pour la deuxième fois.

— Oui, reprend Roland.

Elle aimerait bien qu'il lui en dise davantage. Mais il la regarde de son sourire angélique et il n'y a rien de plus à dire.

Café Cherrier après les heures d'ouverture
(hommage à Lynne Cohen, août 2009)

Juliette range dans une armoire de son loft, loué dans une coopérative d'artistes de Saint-Henri, le service en porcelaine de Limoges dont elle vient d'hériter de sa grand-mère décédée.

Longtemps, la rue Notre-Dame a ressemblé à l'arrière-cour du centre-ville entre les rues de la Montagne et University. Un caléchier explique à des touristes que le boulevard Saint-Laurent, anciennement nommé Saint-Lambert en souvenir de la concession de Lambert Closse qu'il côtoyait, enjambait autrefois la petite rivière Béliveau, désormais remblayée pour faire place à la rue Saint-Antoine.

Dans le quartier chinois, des voitures stationnées en double file obstruent le chemin, des piles de cartons encombrent le trottoir. Dans une vitrine, une affiche fait voir deux boxeurs thaïs en train de livrer un combat au milieu de ruines moussues. Le boxeur de gauche frappe celui de droite avec son mollet intérieur à la hauteur de l'oreille.

Minh traverse la rue Sainte-Catherine en direction de la station de métro. Après une journée épuisante à l'Académie de coiffure Saint-Laurent où elle étudie depuis peu, elle a rencontré des amis de son ancienne école secondaire pour une soupe repas et un thé aux perles. Un copain amateur de mangas et de découvertes scientifiques lui a rapporté que, dans l'avenir, les policiers se promèneront avec des fusils au caramel hypergluant pour immobiliser les criminels en fuite. Se déclencheront des cracheurs de mousse capables en quelques secondes de remplir un dépanneur en cas de vol à main armée. Les insectes deviendront la source principale de protéines de notre alimentation. On mangera de la sauce aux criquets avec les spaghettis ou des chrysalides de vers à soie frites à la place des chips.

Au coin de Sherbrooke et Saint-Denis, un *squeegee* s'approche d'une voiture arrêtée au feu de circulation pour en nettoyer le pare-brise. « Les affaires se compliquent à mesure qu'on sacrifie la culture à sa décadence », pense Daniel. Il laisse faire le garçon, lui remet une pièce de deux dollars, continue sa route vers son chalet dans les Laurentides.

John et Allison ont fini de manger dans un restaurant situé non loin. Le serveur arrive pour débarrasser la table. John lui commande du porto. Allison reconnaît que le plus difficile pour elle est de s'approcher des autres. Elle ajoute qu'à force de tenir les gens à distance pour éviter d'être importunée, elle s'est peu à peu dissociée d'eux, faisant de sa vie une chose insatisfaite et solitaire.

John garde le silence. Il observe la rue par la fenêtre. Des gens entrent dans leur voiture, d'autres en sortent. Allison, la maîtresse de John, n'a pas l'ivresse aussi gaie que lui depuis l'accident vasculaire cérébral de son mari chirurgien. Elle bombarde leurs tête-à-tête d'autoanalyses décapantes qu'elle conclut le plus souvent par une question déroutante.

Allison retrace que, dès l'adolescence, elle sait qu'elle ne peut vivre sans luxe. Au cégep, elle admire le marquis de Sade pour sa clairvoyance politique. La réalité des laissés-pour-compte de l'époque du divin libertin n'est pas si différente de la nôtre. Sa décision de jeune femme d'épouser un homme fortuné et de refléter au mieux l'image d'elle attendue par son milieu relève moins de la stratégie que d'une complète reddition devant l'iniquité de la loi de la jungle et des règles inéluctables de sa caste. Rien de plus sûrs que la rationalisation sans fondement des désirs et le réseautage. Gagnée de longue date au conformisme, elle approuve que les rapports entre époux soient utilitaires. S'attaquer aux apparences sociales au nom d'un quelconque idéal lui paraît plus dangereux qu'autre chose. Cela laisse entendre qu'existe une vérité autre que l'instinct de survie.

Alors que John sirote son porto, elle ajoute que la dégoûte la facilité avec laquelle la majorité se défile face à la réalité, préférant à ses angles acérés la mollesse de futiles illusions. Tout ce qui existe témoigne d'une même terreur face à la mort et d'un perpétuel combat pour la vie. Vraiment, la vie est insensée puisque son but est de gagner contre la mort, chose impossible. À combattre des moulins à vent ou à faire tourner des moulins à prières, Allison préfère boire du moulin-à-vent et épouser le seigneur du moulin à qui on paie des droits. Lucidité, superficialité, vénalité : toutes les qualités pour bien coller à la réalité. Sur cette question, elle partage l'opinion de l'écrivain Philippe Sollers, qu'elle a vu dernièrement se faire interviewer à la télévision française.

Pendant quelques minutes, on dirait qu'Allison n'a plus rien à dire, puis elle pose la question la plus saugrenue que John ait jamais entendue :

— Crois-tu qu'au moment de mourir, on choisit de prendre son temps ou qu'au contraire, on se dépêche ?

Portrait de Daniel
(août 2009)

Daniel arrive à son chalet en fin de soirée. Il fait du feu dans la cheminée, achève de lire un roman policier, somnole devant le foyer avant de se mettre au lit.

La chambre est située côté ombre, celui où le terrain est resté boisé. Daniel dort mal comme d'habitude ces derniers temps. Il se réveille souvent, baigné de sueur, incapable de percevoir la réalité sans complication. Une noirceur pleine de mauvais présages se coule jusqu'à son lit par la fenêtre ouverte. L'insomnie lui procure la désagréable sensation de rêver et de penser en même temps. L'aube point avec une lenteur obsédante. Elle revêt d'abord un vert irréel d'éclairage livide d'aquarium, puis elle prend son air poussiéreux accoutumé, horriblement poreux, barbouillé de néant.

Daniel s'assoit au bord du lit. Il passe un long moment à ruminer. Sans conteste le problème principal, c'est lui. De constater combien il a scandaleusement vieilli. Exactement comme il redoutait que ça lui arrive un jour. Sans la jeunesse, Daniel se sent si irrémédiablement perdu. Dissous, le sel de la vie ! Évaporés, les ambitions et les emballants rêves de révolution ! Au bout du compte, Daniel n'a rien de rien révolutionné. Il est depuis belle lurette embourgeoisé. Le moment est venu de se rendre à l'évidence : l'illusion de participer à une Longue Marche pour le respect de la liberté et de l'égalité des citoyens est tombée. Sa place est rendue dans les gradins du cirque, au milieu de la foule des abrutis. Toute sa jeunesse, Daniel a combattu l'infection mercantile, mais il a fini par capituler. L'avenir se profile sans espoir de société désaliénée, donc il est infiniment insignifiant.

Pas étonnant qu'il lui semble avoir subitement rapetissé de plusieurs centimètres, comme un vieux petit gauchiste dans un monde de jeunes costauds néolibéraux. Et le pire, c'est qu'il plie. Restés loin derrière, Camus et son idée de « dénoncer l'injustice totale du monde », de « revendiquer alors une justice totale ». Daniel a perdu jusqu'au réflexe de revendication de la jeunesse. La collection de ses refus d'obéissance est complète. Une force invisible a éteint son œil de guerrier. Désormais la vie elle-même lui donne la gueule de bois, car il fait partie des hommes hors de combat maintenant.

Dehors s'épanouissent le lac au pied des montagnes, la tiédeur d'août, le paresseux soleil du matin. Une claire musique de film hongkongais filtre du chalet voisin. Des embarcations vont et viennent sur le lac comme autant d'animaux aquatiques affairés. La voisine de Daniel plonge de son quai. Même de loin se voient l'effet de l'eau sur elle, sa volupté. Les deux épagneuls de la dame bondissent çà et là, si curieux de tout. À leur passage se tapissent les grenouilles dans la vase de la berge. La nuit précédente, sous la pluie des Perséides, ils l'ont accompagnée dans le pédalo. Les poissons dormaient entre les algues que balayait de temps à autre le dru rayon de la torche électrique.

Ce matin, elle nage entre les nappes de lys d'eau («et non de nénuphars» comme le lui a l'autre jour abruptement signalé Daniel). La dame, en cet instant, semble la femme la plus heureuse de la terre. Elle remonte sur le quai, s'enroule dans une serviette éponge. Allongée sur une chaise longue pour s'exposer au soleil, elle pense : «Ô Chaleur d'été, tu es si merveilleuse ! Tu chasses tous les mauvais souvenirs. Tu t'imposes à moi comme une Couleur, comme une Force qui parvient à me convaincre que je suis bien. Tu me replaces au beau milieu de Tout, m'arraches instantanément à la Mauvaise Pente où je dégringole si souvent. Grâce à toi, je retrouve infailliblement ma Place, celle où je peux toujours reprendre pied, même quand je suis si malheureuse que je ne me reconnais plus moi-même. »

Daniel sort prendre son café sur la terrasse qui surplombe la pente raide menant au lac. En bas sur le quai, il aperçoit sa maudite voisine, allongée sur sa chaise longue. Intérieurement, il maugrée : sa maudite musique, ses maudits bains de soleil, ses maudits chiens. Qu'est-ce qu'elle lui a encore raconté la dernière fois qu'il a voulu s'asseoir sur le quai ? Que plus jeune, elle a fait une dépression telle qu'elle mangeait chaque soir un gâteau complet et avait pris du poids, au point d'atteindre près de cent kilos en l'espace d'un an… Que depuis, elle a appris à s'accepter telle qu'elle est, à lâcher prise, et que sais-je encore… le tout *un jour à la fois* !

Cette voisine, quelle Maudite Plaie !

Une abeille butine une à une les fleurs de la jardinière accrochée à la balustrade de la terrasse. Jamais elle ne commet l'erreur de butiner une même fleur deux fois. Fascinante intelligence animale. «Si jamais je suis allergique, saloperie d'abeille, je peux mourir étouffé dans la demi-heure qui suit ta piqûre», se dit Daniel. Pour voir, il essaie d'emprisonner l'insecte dans sa main.

Portrait de Félix Saint-Pierre
(septembre 2009)

C'est en Espagne que Félix Saint-Pierre rencontre Suzanne, sa future épouse, une voyageuse de passage à Madrid comme lui. Ils logent au même hôtel bon marché, ont des relations sexuelles, visitent le musée national du Prado. Après quoi, ils poursuivent leur circuit touristique, chacun de son côté.

De retour au Québec, Félix achève une maîtrise en psychologie. Par hasard, il trouve une situation dans la clinique où Suzanne est secrétaire médicale. Elle tire un présage heureux de ces retrouvailles. Aussi n'a-t-elle de cesse qu'il ne lui soit spécialement attaché. Sitôt subjugué par sa capiteuse érotomanie, il la rêve exclusivement à lui.

Au début de leur mariage, tout est pour le mieux, du moment que rien ne peut aller mal. Félix ne risque pas d'avoir des idées personnelles, elle encore moins que lui, ils s'enthousiasment surtout pour la réussite de leurs ambitions : l'achat d'une propriété immobilière à Outremont, d'un chalet dans les Laurentides, et des séjours à l'étranger. Félix travaille sans arrêt à faire fortune. Pour étendre sa renommée, il dirige la collection « Psyché » chez Philantrope, une maison d'édition « dédiée au bien-être et au développement personnels ». Autrement, Félix et Suzanne sortent souvent, et il leur est facile de se mettre d'accord, puisqu'ils sont si peu seul à seul.

Avec le temps, des épisodes moins planifiés font rebondir leur roman-feuilleton : la névrose narcissique croissante de la partenaire ; la tendance du psychologue à dépersonnaliser le problème ; la décompensation d'une dépression de la partenaire par la mise au monde d'un enfant ; la compulsion des plaisirs de la table et de la turpitude sexuelle chez le directeur de collection. Jour après jour, on fait bon marché de beaucoup de non-dit, habile à répartir un époux en deux parties, la visible mais surtout l'invisible, furtive par définition. Désespérément seule, Suzanne inonde de son histrionisme la coquille vide de son couple. Elle accapare l'attention à tout prix, multiplie les crises d'agressivité, dramatise pour exciter la pitié. Félix en revanche se vide à sauver les apparences. En l'espace de quelques années, la situation s'est tellement dégradée qu'elle ne peut plus durer. Félix admet que sa vie, du moins sa vie de couple, est ratée. Il rend publique son intention de divorcer.

De la profondeur du désastre, les gens ne sont pas au courant, mais la devinent aisément. Rien de nouveau sous le soleil. L'entourage approuve la décision de Félix. Le plus fort a raison d'abandonner le plus faible en emportant ce qu'il a de mieux à offrir : un bel exemple de ce qu'il ne faut pas devenir. Que Félix s'apprête donc à quitter définitivement Suzanne. Que l'affaire se présente ainsi : dans moins de six mois, il sera parti ; dans un an au plus, ils ne se verront que par nécessité. Suzanne peut bien hurler :

— Ne t'en va pas, je vais me tuer si tu t'en vas !

Qu'il ne bronche pas. À vrai dire, il n'est déjà plus là. Le passé a si peu de poids. Le présent n'est-il pas en train de le dévorer à mesure ?

De Suzanne, l'entourage arrive à peine à croire qu'elle puisse être aussi naïve. Sur la vaste supercherie qu'est son parfait amour, personne n'a pu lui ouvrir les yeux. Aucune de ses nombreuses rencontres avec une collègue psychologue de Félix ne l'a amenée à reconnaître la vérité : l'image favorable de lui-même que son mari a d'abord épousée en choisissant de partager la vie de la voyageuse de Madrid ; le prestige qu'il gagnait à domestiquer un animal aussi fabuleux qu'elle l'était, à l'époque où il se faisait sa place parmi ses frères de la tribu des spécialistes en psychologie appliquée.

Depuis longtemps, sa sœur l'exhorte à profiter de son mari plutôt que de se plaindre de lui. Cependant, la femme de Félix n'a même plus le courage de sortir de sa maison cossue de l'avenue Lajoie pour acheter son *Paris Match* à la Maison de la Presse internationale de l'avenue Van Horne. L'annonce du départ imminent de son mari l'accule au bord de l'abîme. Comme d'habitude lorsque Félix l'avertit l'après-midi qu'il ne rentrera pas souper, elle enferme leur enfant dans sa chambre et se retire dans la leur pour pleurer toutes les larmes de son corps sur leur lit.

Le lendemain, le point final est mis à la succession des crises d'hystérie d'une partenaire psychopathologique. Félix, revenu à l'aube de quelque joyeuse bombance, découvre Suzanne dans un coma toxique provoqué par une surdose de médicaments. Dans sa chambre où il est enfermé, l'enfant piaule. Félix l'y trouve couvert d'excréments, déshydraté et terré dans une encoignure.

Suzanne est internée un temps dans un hôpital psychiatrique. Le divorce étant prononcé aux torts exclusifs de Suzanne, la garde de l'enfant est confiée à Félix. L'entourage lui suggère d'engager une gouvernante pour s'occuper à la fois de l'enfant et de lui.

Couple devant un motel du Bas-du-Fleuve
(hommage à Diane Arbus, septembre 2009)

La vie : ce n'est en définitive qu'une outrecuidance de la nature, une propriété de la matière juste bonne à jouer un tour aux corps inertes. Quelques mois auparavant, Isa ne conclut-elle pas à la froide insolence de la vie ? Quand, allongée sur le ventre, elle se laisse attacher les mains dans le dos s'il les filme au lit, ou quand elle l'observe pratiquer le *bukkake* dans un club échangiste. Quelle tragicomédie ! Il a l'âge de ses élèves ! Il vient de la Roumanie !

Isa se rappelle la risible histoire. Elle roule à destination du Bas-du-Fleuve durant son congé sans solde à la session d'automne de l'an dernier. Le petit Roumain se rend dans les Maritimes en auto-stop. Elle lui propose de le conduire jusqu'à la tombée du jour. Il porte une chemise à carreaux sous un blouson de cuir. L'odeur qu'a son jeans, un relent de vêtement qui n'a pas été lavé depuis longtemps, l'incommode. Elle s'arrête à mi-chemin pour manger. Il la laisse lui offrir son repas dans un restaurant de routiers. Le soir descend à Rivière-du-Loup. La laissera-t-il lui offrir une nuit dans son lit ? Nicolae n'est pas contre l'idée.

Qu'elle l'emmène dans un motel, il la laissera faire tant qu'elle veut.

Dans le fleuve tombe la pluie. De plus, les oiseaux crient. On dirait un matin après une guerre. Le village est sans vie. Le sable de la plage s'encroûte à force d'être mouillé. Le garçon lui raconte sa vie, tout ce temps ils boivent et se droguent, elle en oublie qu'elle ne comprend pas la moitié de ce qu'il dit. C'est du sexe si vulgaire que lui autorise cet émigré, une sexualité où s'harmonisent à merveille leurs bassesses communes, le reste du temps qu'ils passent à se distraire dans la chambre.

Bientôt, l'hiver succède à l'automne où ils se sont connus, l'été au printemps où il est parti. D'un matin au suivant, elle doit expier les nombreux mois durant lesquels elle a couché avec Nicu, car sans lui elle se trouve, comme on dit, dans de beaux draps. Et voilà la belle éplorée incapable d'être seule, si bien qu'elle préfère rester en tête à tête avec un verre de whisky. Elle aime autant s'enfiler une bouteille de whisky et pleurer. Elle réalise le mal qu'elle se fait après avoir vomi, et elle recommence l'instant d'après à se faire du mal. Jusqu'où sa vie poussera-t-elle sa plaisanterie ?

Même vider toutes ses boîtes à pilules sur la table la fait mourir de rire. Isa continue à lever le coude en vue de prendre ce bain. Pendant que la baignoire s'emplit d'eau, elle n'oublie pas d'y verser l'huile parfumée. À son visage au masque de la passion égarée capable de destruction insensée, elle porte la tasse de médicaments à engloutir. Le corps nu étendu dans la baignoire, le Diable lui-même sera tôt ou tard incapable de le retenir de glisser au fond. Ainsi, elle croira s'être endormie. Enfin, ce sera pour de bon.

— Je ne pensais pas qu'aimer me ferait autant souffrir.

Taquine, la voix intérieure rétorque : vraiment ? Elle n'en savait rien ? Elle croyait l'amour bon pour collectionner les amants trophées, sans plus ?

— J'avais enduré tout le mal que j'étais en état d'endurer, même beaucoup plus que bien des gens n'auraient supporté.

La voix taquine ajoute : ça oui !

— Du reste j'étais devenue un tel fardeau pour moi-même.

Sans oublier que tu t'es répété la chanson de ton gros chagrin si souvent que tu as fini par te convaincre de son intérêt comme la première midinette venue, conclut ironiquement la voix de toujours dans sa tête.

Mais c'en est assez de son théâtre de la solitude ! «Je devrais annuler pour de bon la représentation…», se dit-elle. Elle hausse les épaules, rit. Elle sait bien qu'elle en est incapable. Elle n'a rien trouvé de mieux que ce cinéma pour se dévouer corps et âme à la cargaison de romanesque qu'est la vie.

De nouveau intérieurement fiancée à elle-même, Isa se rend à sa thérapie de groupe hebdomadaire.

Portrait de John et Allison
(septembre 2009)

Allison est assise sur le lit, une brochure touristique sur les genoux. Un rayon de soleil tombe sur ses cuisses nues. Dans quelques semaines, des milliers de grandes oies des neiges feront escale près du Saint-Laurent avant de continuer leur migration jusqu'à leurs aires d'hivernage.

La fausse cheminée du mur d'en face est surmontée de la reproduction d'une toile blanche à taches noires de Paul-Émile Borduas. Les portes françaises s'ouvrent sur un ciel d'après-midi et un bout de fleuve. John rassemble ses articles de voyage, les entasse dans un fourre-tout. Il s'assoit sur une chaise, admire la vue.

À droite, une grosse maison carrée typique de la région, avec sa galerie couverte d'un auvent, ses fenêtres à grands carreaux, sa lucarne d'ornement, domine sur la baie. Au large, un voilier fortement gîté progresse contre le vent à une allure de près. Très haut dans le ciel, un oiseau en vol à voile, ailes déployées et arrêtées, se fait porter par les courants d'air chaud.

Allison dépose la brochure sur la table de chevet, se lève. Se dirige vers la salle de bains, ôte sa nuisette, actionne la douche. Le miroir se couvre rapidement de buée. Elle disparaît derrière un rideau nid-d'abeilles grège.

John quitte sa chaise. Il s'empare de la brochure avant de s'allonger sur le lit. La plupart des grandes oies sont blanches, moins de quatre pour cent sont dites « bleues » à cause de leur plumage bleu-gris. Les blanches tendent à s'accoupler avec les blanches, les bleues avec les bleues.

Allison ressort de la douche, emmaillote son corps dans un drap de bain. La tête en bas, elle emprisonne ses cheveux dans un turban. John s'applique comme un cinéaste à encadrer son image avec ses mains. Allison suggère de souper à Québec pendant le retour. John répond que c'est une bonne idée. Il endosse un parka, met une écharpe.

— Veux-tu quelque chose chez le dépanneur ?

Elle lui fait un signe négatif avec sa tête au-dessus de laquelle elle agite un sèche-cheveux.

Le soleil du jour déclinant inonde la façade du magasin. L'épicier est assis dans la vitrine ensoleillée, derrière le comptoir. L'avant-veille, il a expliqué à Allison qu'il est originaire de la baie de Brador, juste à côté de Blanc-Sablon. De là, quel bonheur de prendre un traversier jusqu'à Terre-Neuve, de longer la côte ou de traverser l'île vers le sud-est, dans la direction de St. John's, la capitale !

— Donnez-moi aussi un gratteux « iPod », demande John en déposant une bouteille d'eau sur le comptoir.

Le marchand sourit au client de l'Auberge de la rive qu'il remet comme étant le compagnon de la dame de l'avant-veille. Le jeune homme a le visage énergique, un nævus contre le nez, les cheveux taillés ras, un look de Steve McQueen. En plus, le téléphone mains libres de Jabra accroché à son oreille laisse supposer que son commerce lui rapporte quelque peu.

L'argent encaissé, il dirige son attention vers un téléviseur. Un journaliste avance que les armes à feu sont la deuxième cause de mortalité chez les adolescents de dix à dix-sept ans aux États-Unis. On fait voir le Beretta 92FS de calibre 9 mm d'un revendeur de drogue de treize ans appréhendé dans une école. Interviewé hors champ, le propriétaire du pistolet semi-automatique prétend que son trafic pouvait lui rapporter en une minute ce que gagnent ses enseignants en une semaine. Et le danger de mort dans tout ça ? L'enfant répond avec un extrait de *Me Against the World* du rappeur Tupac Shakur : mourir en combattant, c'est la mort détruisant la mort. Une psychologue conclut que les enfants de nos jours acceptent la menace permanente comme faisant partie intégrante de leur vie.

John traverse la rue dans la direction de l'auberge. Dès l'entrée, un spacieux salon invite les hôtes à se détendre auprès du feu. John s'assoit dans un fauteuil avoisinant un meuble de rangement ancien sur lequel une lampe éclaire des piles de livres et de journaux. Sur le manteau de cheminée, un globe terrestre côtoie un paquet de grosses roches ramassées au bord de l'eau.

John gratte les cases de son billet après avoir allongé les jambes à la rencontre de la chaleur des flammes. La première nuit passée ici, ils se sont endormis dans la fraîcheur d'une averse. Au matin, les jappements d'un chien les ont réveillés. Allison a téléphoné à son mari hémiplégique pour lui annoncer que le groupe de francisation qu'elle accompagne dans Charlevoix était arrivé la veille sans problème à destination et qu'ils s'apprêtaient à visiter l'Isle-aux-Coudres. La dernière case grattée indique : « Bonne chance ! »

John attrape la bouteille d'eau, remonte chercher les bagages pour les porter à l'auto. Il entre dans la chambre. Il dessine avec ses yeux un cadre invisible qui enserre sa vision fugitive d'Allison. Elle se tient immobile dans son manteau havane qu'elle garde fermé avec ses bras croisés. Elle a le regard perdu au-dessus du fleuve. Son parfum classique, le tracé sinueux de la poussée verticale de son corps, la masse lustrée de ses cheveux droits interdisent d'une certaine façon tout véritable rapprochement.

— Est-ce qu'on y va ? demande John.

Allison prend sur le lit une écharpe qu'elle enroule autour de son cou. Ses yeux clairs parcourent la chambre. Elle s'accroupit pour vérifier si quelque chose a été oublié sous le lit.

— Allons-y, annonce-t-elle en enfilant des gants ajustés.

Femme dansant nue chez elle
(autoportrait, septembre 2009)

La scène a lieu à l'intérieur d'un loft. Les murs sont vides, sauf celui du fond, percé d'une haute fenêtre à carreaux. Quelques tapis Ikea multicolores couvrent en partie le plancher de béton. Le mobilier est sommaire : un grand futon collé contre le mur de manière à produire un divan, garni d'une housse de couette anthracite et équipé de coussins aux taies assorties ; une combinaison de rangement blanche, avec bibliothèque et banc TV à roulettes ; une armoire-penderie modulable blanche ; une monumentale table en chêne massif servant autant à manger qu'à travailler, qu'avoisinent trois chaises empilées en rotin pelé naturel et une chaise pivotante orange brûlé ; un fauteuil en croûte de cuir vachette noire que côtoie un lampadaire-liseuse. La locataire de ce loft, une artiste-photographe vêtue seulement de sandales à talons compensés, danse devant la fenêtre, une bouteille de vin à moitié finie à la main. Iggy Pop chante « *You put a beggar in my heart* ».

Dehors remue un ciel orageux que brossent les arbres secoués par des trombes d'eau grises.

Juliette se tourne vers l'intérieur du loft. Elle s'avance jusqu'au banc TV à roulettes d'un pas traînard. De la paperasse tombe par terre quand elle ramasse son journal pour relire ce qu'elle a écrit le matin :

« Pour un mort, je trouve que tu réagissais beaucoup. Ton visage a rougi quelques fois en me regardant. J'étais parfumée, mes cheveux, détachés. Ce bureau derrière lequel tu étais assis n'empêchait pas les larmes de temps en temps d'emplir tes yeux. Ce n'était pas la première fois que tu me laissais te bouleverser. »

Juliette contourne la table basse, se laisse tomber dans le fauteuil. Elle boit du vin. Elle respire longuement, les yeux fermés. Elle rouvre les yeux, fixe les images muettes de l'écran de télévision. Elle recommence à lire dans son journal :

« Je feignais d'ignorer ton trouble. Je regardais ailleurs. Les cartes postales qui encombrent ton babillard. Les nouveaux livres sur ton bureau. La fenêtre derrière toi. Celle où les nuages ressemblent à des organismes unicellulaires. Cela te donnait le temps de resserrer les traits de ton visage, d'empêcher ton visage de me parler ouvertement. Tu redevenais mort très rapidement. La mort était plus simple entre nous. Jusqu'à aujourd'hui, notre mort ensemble était la simplicité même. »

De nouveau, elle boit. Elle allume le lampadaire d'appartement. Elle enfile une robe de chambre tombée au pied du fauteuil. Elle prend un mouchoir dans la poche, enlève ses lunettes, les essuie, range le mouchoir dans la poche. Elle avale du vin, reprend d'un geste machinal sa lecture :

«As-tu remarqué que nous avons agi comme des amis hier après-midi ? Presque des amants, un homme et une femme qui ne craindraient pas de se toucher. Nos corps, comme des innocents, se rapprochaient malgré nous. Quelque chose était si clair dans ton visage. La transparence de ton visage m'a choquée. Tu avais l'air incapable de cacher ta joie. Parler te faisait du bien. Ce n'était pas seulement le moment pour toi de dire quelque chose. Rien ne justifie que tu aies prononcé mon nom à ce moment-là. Je n'avais jamais entendu mon nom prononcé de cette façon. Mon nom avait un avenir dans ta bouche. Je cachais du mieux que je pouvais ce qui m'arrivait. J'empêchais de toutes mes forces les lettres de former le mot bonheur. Pas une seule fois, je n'ai laissé ce mot apparaître sur mon visage. Pas un soupçon de bonheur dans mes mains occupées à replacer des photographies dans un portfolio. J'ai bien tendu mes muscles pour que rien ne nous arrive. C'était difficile. Tu n'arrêtais pas de former des mots étonnants avec les lettres. As-tu remarqué que tu te laissais aller des fois ? Combien tu étais beau ? Tu paraissais rire de ce qui t'arrivait. La solitude a assez duré, disait ton étrangeté. Je t'ai serré la main avant de partir. Chacun de nous aurait pu jeter l'autre par terre en serrant aussi fort. Nos mains avaient trouvé le moyen de lutter une dernière fois contre notre mort. Notre mort doit rester la plus forte, disait ma façon de refermer ta porte. C'était faux. Je voudrais tant tenir ta tête entre mes mains. Nous trouver vivants ensemble au moins une fois. »

Juliette a un rire bref. Elle se lève, retourne à la fenêtre, s'appuie du front et d'une main contre la vitre. Iggy Pop chante «*Baby, dont you cry. Baby, I'll sing you a lullaby*». Des bourrasques de pluie fouettent les carreaux ruisselants. Sur fond de ciel gris se tortillent quelques arbres.

Juliette quitte la fenêtre, titube au milieu du loft jusqu'au lit où elle s'allonge parmi les coussins. Elle ouvre sa robe de chambre sur son corps nu. Elle porte une main à son entrejambe, l'y promène, en fait jouer les replis de peau afin que les doigts circulent mieux. Elle se rassoit, achève le vin. Elle reprend les caresses afin de jouir jusqu'au bout : yeux mi-clos, gémissements.

La nuit est bien avancée. Juliette s'est endormie. Elle rêve qu'elle est assise à sa grande table et se verse à boire. Elle avale le vin, tente de parler à quelqu'un devant elle. Elle essaie de lui communiquer certaines choses extrêmement personnelles. Dans son rêve, elle vide plusieurs autres verres de vin pour continuer de parler. Le vin aidant, elle se sent de plus en plus apte à exprimer ce qu'elle aimerait tant arriver à dire.

Enfin, le matin est là. Juliette vide un reste de vin dans l'évier de la cuisine. Elle a les yeux cernés, la bouche pâteuse. Elle prend une douche, revêt un jeans et un chandail, sort dans la rue. D'une main, elle ouvre son parapluie automatique, le tient au-dessus de sa tête : regard lointain, air entendu.

Portrait de Catherine
(octobre 2009)

Catherine se trouve souvent si impuissante qu'une rage désespérée s'empare d'elle. Elle sent que, loin d'être un fruit qui a mûri lentement sur la branche, elle a été mise dans une caisse trop tôt et que c'est dans la remorque d'un camion qu'elle a subi ses plus importantes transformations.

Catherine se demande où est allé le monde. Elle réprouve fortement qu'une machine moléculaire au service d'un programme génétique définisse de plus en plus la vie. Que la réduction de l'esprit à un programme d'ordinateur bénéficie d'une prépondérante crédibilité ne l'enrage pas moins. Quelle différence entre l'animal-machine du vieux Descartes et l'homme neuronal d'aujourd'hui puisque les expressions de souffrance signalent dans les deux cas de banals ennuis mécaniques? L'humanité perdue dans un labyrinthe s'anéantit dans un circuit.

La différence entre les deux endroits réside peut-être dans la raison qu'on met à parcourir chacun. La traversée d'un labyrinthe évoque couramment un exercice spirituel. L'itinéraire tortueux possède un sens. Le monstre à cornes combattu, le fil d'Ariane suivi jusqu'à la sortie, on danse autour de l'autel d'Apollon. Par contre, le circuit est insensé. Il manque de sentiment. Les histoires ont des fins impitoyables. Et Catherine estime que la majorité des gens ont par-dessus tout horreur de vivre sans but ni signification. D'un accès de rage, Catherine retombe dans l'impuissance, y replonge jusqu'à la tristesse.

Mais la tristesse connaît parfois des moments de réconciliation avec l'anarchie. Presque sans le savoir, elle accepte que rien ne puisse advenir du raccommodement sans cette instabilité la plus totale de chacun des événements dans l'univers. En une fraction de seconde, de circuit insignifiant, sa vie devient un labyrinthe. Elle pénètre dans la loge invisible à partir de laquelle les méandres de ses déplacements sont compréhensibles. Alors, même le déplacement arbitraire des pigeons dans un parc traduit un chant. De son obscurité la plus mathématique, le langage des choses disparates et éternellement imprévisibles fait entendre un chant. Peu importe de comprendre la vie puisque enfin elle entend son chant !

Hélas, de tels instants sont aussi fugaces que l'orgasme. Déjà l'enceinte tranquille du promontoire a disparu, un réseau inextricable de sentiers pleins de nœuds et de coudes la sépare de la prochaine fois où elle pourra s'arrêter ainsi, le désespoir anéanti par la féroce beauté du monde. Au commencement, on dit qu'il y avait le paradis sur terre. À la fin, la merveille est de trouver dans l'Apocalypse cette idée de la terre dans le paradis, Jérusalem nouvelle, avec son nouvel ordre des choses qui surpasse toute tradition. Mais en attendant, se demande Catherine, où allons-nous ?

De derrière une voiture surgit un des innombrables chats de la voisine.

— N'oublie pas de poster ta lettre après avoir fait tes courses, lui enjoint Sept-Étoiles, déjà parti se cacher dans un recoin du parc.

À la banque, un concierge actionne un aspirateur dans la salle derrière la grille qui le sépare du compartiment aux guichets automatiques. Un garçon se place derrière Catherine en attendant qu'elle libère le guichet. Une fille le rejoint. Ils s'embrassent. Les bottes de cuir qui couvrent les longues jambes de la fille sont remarquables par leur hauteur.

Dehors, la nuit est tombée. Après quelques emplettes à l'épicerie, Catherine choisit des nouveautés au magasin de location de films, poste sa lettre à la pharmacie, rentre chez elle.

Peau-Rouge, un autre commensal de la vieille propriétaire, est allongé de tout son long sur le capot encore chaud d'une voiture récemment stationnée. Catherine en profite pour un brin de conversation.

— Dans ma vie, je crois que j'ai été heureuse seulement la nuit, confie Catherine à Peau-Rouge.

— Les hindous appellent le soleil le destructeur de la réalité puisqu'il en cache l'immensité que seules peuvent nous révéler le spectacle des étoiles, lui répond le chat en se laissant caresser.

— Le jour, c'est comme s'il y a au fond de moi un désenchantement qui m'empêche d'être bien et dont je suis incapable de me débarrasser.

— En général, les gens sont dans un triste état parce qu'ils manquent de méthode. Par exemple, les jours nuageux, rester à rien faire, sans penser à rien.

Ou encore prendre garde aux portes laissées ouvertes par lesquelles entrent les accidents et les malheurs. Ne pas parler en prenant ses repas, regarder plus souvent se lever le soleil, s'habituer à formuler des souhaits par écrit ou à parler aux pierres.

Catherine rit. Elle sort son trousseau de clés de son sac à main avant de se diriger vers la porte menant à son logement.

— Déjà fini ! s'exclame Peau-Rouge.

Clients sortant du Night
(octobre 2009)

Une lumineuse tranquillité accompagne l'ivresse d'Isa depuis qu'elle descend les escaliers du Night, appuyée sur le bras de Francis, son étudiant de littérature québécoise.

Sur le boulevard Saint-Laurent, rares sont ceux qui sortent des bars sans faire de bruit. Coincé derrière une voiture qui veut tourner, un taxi klaxonne quand le feu de circulation devient jaune.

Isa demeure étrangère au tapage et à l'agitation. Elle remarque que la lumière tamisée – que ce soit l'éclairage blanc-jaune des sonnettes aux portes des maisons ou blanc riz de la lune cachée derrière un nuage, la phosphorescence des cages d'escalier désertes qu'on voit par les fenêtres des immeubles d'appartements ou des demi-sous-sols uniquement éclairés par un téléviseur – accentue l'effet de légèreté qu'elle ressent au moment de se trouver dans l'air frais de la nuit en compagnie de son étudiant. Plus que quelques centaines de mètres la séparent encore de sa voiture dont elle a donné les clés à Francis en lui demandant de la ramener chez elle. De gros animaux préhistoriques en papier mâché l'observent depuis une fenêtre de garderie. Des sons de basses pilonnent l'air au passage d'une voiture qui est peut-être un hélicoptère. Isa constate qu'elle ne sait plus faire la différence entre l'état de veille et celui de rêve. Elle penche la tête vers le sol, la lève vers le ciel. Elle remarque qu'elle pourrait en dire autant du haut et du bas.

Francis déverrouille la porte du passager. Il demande à Isa si elle ne préférerait pas s'étendre sur la banquette arrière pour dormir un peu tandis qu'il traversera la ville jusqu'à Rosemont. Il lui semble qu'elle serait bien. Il la couvrirait de son manteau. Elle pourrait se servir de son sac à dos comme oreiller. Il trouverait une station de radio tranquille. Elle se ferait bercer doucement par le roulis de la voiture.

Isa est d'accord. Elle s'allonge sur la banquette arrière, la tête sur le sac à dos, se laisse recouvrir du manteau. Francis s'installe à son tour. Il fait démarrer la voiture, progresse en direction du nord-est.

Le fait de rouler allongée procure à Isa la sensation de voler. Enfant, Isa a souvent rêvé qu'elle s'envolait. Dans un cahier de jeux, les lignes qu'elle tire entre des points lui font connaître les constellations. Dans une colonie de vacances, un livre illustré du coin lecture raconte que la graisse de carcajou fait tenir les choses en l'air tant qu'on veut. Elle découvre que d'une caverne non loin du camp s'élance chaque nuit un canot frotté avec cette graisse, dans lequel un chasseur parcourt le ciel jusqu'au matin en quête de gibier. Si on l'aperçoit quand il passe au-dessus de nous, on sait qu'on va mourir. Heureusement, le chasseur est toujours précédé de ses chiens qui aboient et il suffit de prêter l'oreille pour l'entendre venir.

Le livre ajoute qu'au commencement du monde, il suffit aux hommes de s'embarquer sur une écorce de bouleau pour s'envoler. La terre n'est pas encore ronde, le ciel beaucoup moins éloigné qu'aujourd'hui. Les moteurs ne sont donc pas nécessaires à l'homme pour voler. De plus, les quatre éléments se résument à un seul. Le feu est de l'air dilaté, l'eau de l'air comprimé, la terre de l'air encore plus comprimé. Un passage existe entre le monde des vivants et celui des morts. Autour de ce passage tournent le soleil ainsi que toutes les autres planètes du système solaire. Grâce à lui, les vivants passent leur temps à monter dans le ciel et les morts à descendre sur terre. Les morts qui descendent sur terre sont reconnaissables au fait qu'ils restent suspendus à quelques centimètres du sol. Les vivants dans le ciel sont identifiables par leurs déguisements et leurs véhicules tous plus spectaculaires les uns que les autres. Étant encore plate, la terre s'étend alors à perte de vue, comme une carte géographique sans commencement ni fin. Tous les endroits de la terre à cette époque méritent d'être découverts ou explorés. De vastes espaces vides permettent aux caravanes – qui ressemblent à des colonnes de fourmis vues du ciel – de voyager entre ces différents endroits sans se presser ni se faire déranger.

L'endroit préféré d'Isa est visible de très loin. Il abrite en son centre un hôtel de neuf étages dont les deux derniers sont gardés vides afin que les esprits aient un endroit bien à eux pour se loger. Les murs extérieurs de l'hôtel sont décorés avec des dessins d'animaux, d'oiseaux, d'insectes, de mouches et de moucherons. Régulièrement, on fait tourner l'hôtel d'un quart de tour afin que chacun de ses côtés puisse successivement être admiré par les habitants de l'endroit.

Isa apprend avec tristesse que plus tard, le passage entre les vivants et les morts se referme et que la terre s'arrondit, obligeant tous ceux qui veulent voler à se conformer à des lois concernant la gravité. Pour expérimenter ces nouvelles lois, on fait appel à des condamnés à mort, à des femmes et à des enfants. Certaines personnes arrivent encore à atteindre le ciel sans avoir recours à des moyens mécaniques, mais à un prix qui défie l'imagination. D'abord, elles doivent franchir une étape où leur corps est réduit en petits morceaux. Ensuite, elles abordent l'étape où elles doivent recoller ensemble tous ces morceaux.

La nostalgie des temps anciens, selon le livre, survit aux nouvelles lois. Au XIXe siècle, un homme nu, les bras en croix, attend dans une rue de Paris d'être transporté sur une étoile avant d'être embarqué par la police. Un autre croit pouvoir s'élever au-dessus des nuages, grâce à la chaleur du soleil qui attirera la rosée dont il a empli quantité de fioles qu'il a attachées à sa ceinture. Il s'élance à partir d'une tour au pied de laquelle il meurt écrasé contre le pavé.

Dans leurs yeux, une lueur impérissable
(hommage à Raymonde April, octobre 2009)

Une jeune femme inscrit « CAT » au tableau d'honneur d'une course d'automobiles, se rapproche du bar pour s'installer sur un tabouret. Elle commande une Blanche de Chambly à Adela qui vient de remettre à d'autres leurs consommations. Un garçon s'approche de Catherine. Il avance en boitant, appuyé sur une canne. Sous un imperméable beige style détective, il porte un chandail ajusté qui accentue la maigreur de son corps. Il a les cheveux courts et ébouriffés, des lunettes à monture carrée cerclée de plastique noir et une boucle d'oreille en forme de croix copte.

Catherine l'écoute lui demander son nom en repensant à un film d'Alfred Hitchcock où un personnage de millionnaire demande à une femme : « Vous, est-ce que vous êtes malheureuse ? »

— Catherine, répond-elle à la question du garçon.

— On me surnomme Columbo, lui apprend-il en souriant dans son grand imperméable.

Columbo explique à Catherine qu'il étudie pour devenir éleveur de chiens. Catherine lui raconte qu'enfant elle voulait un chien, mais que sa mère le lui avait refusé étant donné les maladies qu'ils transportent sur eux comme des rats. Columbo lui répond que c'est plutôt le contraire, que longtemps on s'est servi des chiens pour chasser les rats. Catherine déclare que cela l'étonne. Elle ajoute que petite, elle rêvait d'avoir un colley parce qu'elle avait appris avec envie que Lassie avait son propre appartement et qu'elle se faisait doubler pour les scènes dangereuses.

Columbo lui raconte alors que jeune, il a lui-même possédé un colley, apporté à la maison par son père un soir d'école, alors que toute la famille était encore ensemble. Le chien avait été baptisé Argos en souvenir de l'animal qui guetta pendant vingt ans le retour d'Ulysse. Au début, la merveille consistait à voir le chien faire le mort, puis revenir à la vie grâce à des signaux connus seulement de son père. Devenu vieux, le chien avait sombré peu à peu dans la répétition de certaines manies comme celle de mordre l'eau de son bol, de tourner sans fin avant de finalement trouver une position pour se coucher ou de se mordiller continuellement les griffes, parfois jusqu'au sang. Un traitement aux anxiolytiques prescrit par le vétérinaire avait temporairement soulagé l'animal de ses maux. On avait fini par céder à la nécessité de l'euthanasier.

Columbo ajoute que le colley est originaire d'Écosse et un des chiens les plus complets du monde. Catherine rit un peu. Elle ne sait pas trop bien ce qu'il veut dire par cette dernière affirmation. Columbo rit aussi et s'excuse de peut-être trop « parler chien ». Puis il lui dit qu'elle sera étonnée d'apprendre autre chose : petits, les chiens ne savent pas qu'ils sont chiens et s'ils sont adoptés à leur naissance par une autre espèce, ils s'identifieront à cette espèce et tenteront même de s'accoupler avec elle. Catherine est en effet étonnée.

Elle lui demande alors si les chiens peuvent être végétariens. Il ne voit pas pourquoi ils ne le seraient pas. Elle lui demande aussi si les chiens sauraient être dressés en vue de faire leurs besoins dans une litière comme des chats. Il répond que les chiots sont en effet conditionnés à se soulager dans des endroits déterminés, mais qu'il devra se renseigner là-dessus.

Une musique électronique de type *death metal* agissant à titre de sonnerie se fait soudain entendre. Columbo se tourne légèrement de côté, tire de la poche de son manteau un téléphone portable. Catherine avale de la bière.

Columbo se retourne vers le bar, prend congé de Catherine en lui expliquant que malheureusement, il doit partir. Catherine refuse poliment de lui laisser son numéro de téléphone et lui souhaite bonne chance dans ses études.

Portrait de Minh
(octobre 2009)

— Qu'ai-je encore oublié ? se demande Minh avant de prendre la ligne orange pour rentrer chez elle.

Mon paquet de cigarettes, la clé de la maison, ma carte mensuelle de métro ? Un film à rapporter au club de location ? Prendre du lait chez IGA ? Ai-je sorti les serviettes de la laveuse avant de quitter le salon de beauté ? Remisé les bouteilles d'eau dans le frigo ?

Elle s'arrête une minute devant les tourniquets pour repasser la liste de ses oublis les plus fréquents. Ébrouement d'ailes chez les rapaces à l'affût de leurs proies, qui surgissent de nulle part armés de leurs demandes d'aide pathétiques.

— Excusez-moi, êtes-vous Kim Lefèvre ?

Tiens, une agréable distraction. Beau look *techno punk* petit-bourgeois d'un futur prof d'histoire de l'art ou médecin sans frontières. Minh se demande s'il n'a pas quelque chose du joueur de basse du groupe texan World Burns to Death. Celui aux lunettes de vue Hugo Boss, aux cheveux longs et au bonnet jamaï-cain. La fragilité du regard la pénètre loin à l'intérieur. Encore le meilleur appât pour hameçonner un morceau tendre au creux d'une fille.

101

Séduite, elle minaude :

— Non, pourquoi, c'est une vedette, je lui ressemble ?

Une réaction équivoque, lourde de sous-entendus, fuse en direction du point sensible de la jolie inconnue. La cible est atteinte puisque Minh, plutôt que prendre son métro, attend une explication.

— J'ai rendez-vous avec elle depuis déjà trente minutes pour un contrat dans une classe de modèle vivant à l'UQAM.

Il extrait une carte professionnelle de son portefeuille. Alain Labelle, modèle vivant, Centre de formation en art et de diffusion des pratiques culturelles Art neuf, 3819, rue Calixa-Lavallée, 514 523-3316, www.artneuf.org. L'organisme réalise le jumelage entre les écoles d'art ou les ateliers d'artistes et les personnes ayant complété leur formation de modèle, moyennant un abonnement à son service. Alain Labelle arrondit ses fins de mois en posant nu ici et là. Il a rendez-vous devant les tourniquets avec une certaine Kim Lefèvre d'origine asiatique envoyée par Art neuf pour une classe de dessin de trois heures qui commence dans dix minutes à l'UQAM. Et il est dans la merde parce que Minh n'étant pas Kim, il arrivera seul au cours malgré que sont prévus deux modèles dont le cachet est de cent quarante dollars chacun.

— Les couples qui posent nus étant plus difficiles à trouver, on les paie mieux. Seul, je recevrai seulement cent dollars.

Alain Labelle a l'air totalement consterné, puis il lance un drôle de regard à la fois suppliant et intrépide en direction de Minh.

— C'est un cent quarante dollars hyper facilement gagné et personne n'est obligé d'apprendre que tu n'es pas Kim. Je sais que ça peut paraître bizarre, mais tu voudrais pas par chance la remplacer ?

L'information circule à deux cents à l'heure dans la tête de Minh. Justement, c'est peut-être de payer son compte d'Hydro, de Visa ou de téléphone portable qu'elle a oublié. Cent quarante dollars sont en effet un montant inespéré pour si peu de travail. Poser nue devant des artistes, surtout pour quelqu'un s'étant essayé comme escorte et Maîtresse, une véritable promotion. L'idée ne lui en était jamais venue ; elle pourrait ainsi arrondir son budget d'étudiante à l'école de coiffure Saint-Laurent et d'aide-coiffeuse à temps partiel au salon Smarty's International sans retomber dans l'insupportable stupre usuel. Elle se renseignerait auprès d'Alain sur la formation et les taux d'embauche après l'atelier ou une autre fois, dans le meilleur des cas autour d'un café ou d'un verre. Le Alain en question lui fait à la fois pitié et envie. Il n'a l'air ni homosexuel ni fiancé.

Mais il existe un problème, selon Minh :

— C'est probable que le responsable de l'atelier répond de ses dépenses à l'université, alors qu'il vous paie avec un chèque plutôt que du *cash*.

Si le chèque est au nom de Minh, le risque subsiste qu'on pose des questions et qu'Art neuf apprenne le subterfuge. D'ailleurs, elle préférerait du *cash*.

Alain semble perplexe. Un moment, il la regarde sans mot dire avec des yeux ronds, l'air d'être complètement dépassé par cet imprévu. Minh le double de vitesse côté résolution de problème. Elle a une idée franchement brillante.

— Il y a un guichet automatique pas loin. Tu fais un retrait de cent quarante dollars. S'ils paient par chèque, ils le font à ton nom parce que tu leur montres que j'ai un urgent besoin de *cash* et que tu me l'avances de ta poche.

Kim Lefèvre déclare ou non à Art neuf qu'elle a été malade, Alain a livré seul la marchandise, personne ne vérifie le montant de son chèque, tout le monde est content.

— Marché conclu?

Jeune mendiant à la station Berri-UQAM
(hommage à Daido Moriyama, octobre 2009)

Alain Labelle sourit de soulagement, l'air d'un bon gars qui trouve la fille qu'il a rencontrée par hasard drôlement intelligente et possiblement assez sympathique pour l'intéresser, sans toutefois qu'il se laisse aller jusqu'à le montrer ou à la draguer, tant parce qu'il sait vivre que par respect pour sa personne qu'il ne connaît pas suffisamment.

Ils passent en catastrophe au guichet et entrent en courant dans l'université. Plus que cinq minutes avant le début de la classe, qui devra être retardée quelque peu, le temps que les modèles arrivent, présentent leurs excuses, se déshabillent, se concertent tant soit peu, esquissent leur première figure sur la plate-forme.

— J'ai déjà posé dans ce cours. Je connais un raccourci pour arriver plus vite au local.

Il s'agit d'un escalier en retrait qui débouche quasi directement sur le local en question. Minh assure Alain qu'elle est assez en forme pour grimper sept étages jusqu'à celui des beaux-arts. Elle galope devant lui vers un nouveau record de vitesse. C'est haut, ça tourne, ils courent, quel escalier de plus en plus sinistre, pas le moment de critiquer la décoration, enfin la porte. Ben voyons tabarnak ! Petit problème technique, surprise de mauvais goût, même si en quelque sorte, elle admet que la porte verrouillée ne survient pas complètement à l'improviste.

Comme le copain amateur de mangas et de découvertes scientifiques lui a déjà expliqué, une fois où elle prenait un thé aux perles avec sa bande de camarades de son ancienne école secondaire, le cerveau est un organe d'une telle complexité que simultanément il interprète sans cesse plusieurs versions d'une même réalité. La conscience n'est qu'une attention exclusive accordée à une des versions. Les versions ignorées hantent les coulisses de la réalité comme autant de spectacles joués dans le noir. Une de ces latentes versions vient brusquement d'être éclairée : celle où depuis le début on l'aurait arnaquée ; celle qui risque de bien ou de mal finir suivant qu'elle saura ou non être l'homme de la situation.

En quatrième secondaire, son prof préféré lui enseigne la morale. Son cours vise à préparer les jeunes à la jungle qu'est le monde. *L'art de la guerre* devient leur bible. En équipes, ils complètent un projet intitulé « Sun Tzu dit… » Sache distinguer ce qui est possible de ce qui ne l'est pas, conseille le vieux stratège chinois. N'attaque jamais un ennemi plus puissant que toi. La fermeté d'une petite force peut arriver à maîtriser même une nombreuse armée. Sors à l'improviste d'où ton ennemi ne t'attend pas ou tombe sur lui quand il y pense le moins.

Une attention décuplée aux circonstances lui donne des yeux derrière la tête. Elle devine qu'il attend qu'elle se retourne pour la décontenancer avec son sexe en érection exhibé. Impensable de fuir, il lui bloque la voie. Que prise de panique, elle le charge en criant pour rien est ce qu'il a prévu à la fois pour l'assujettir brutalement et accroître son excitation. Logiquement, son excitation doit être telle qu'il éjaculera précocement dès le moment de la pénétration. Les deux choses qu'elle veut éviter au plus haut point : la pénétration, l'aveuglement de sa colère si elle contrecarre son programme sans parvenir à le déjouer. Comme dit Sun Tzu, sans bataille immobiliser l'ennemi, pour réussir tout doit être simple et naturel.

Minh a gagné un peu de temps à feindre l'incompréhension devant la porte verrouillée. Le moment d'affronter l'ennemi est venu.

Plutôt que de se retourner pour se découvrir piégée, puis de paniquer en passant à l'attaque comme son assaillant a prévu, elle se retourne sans hâte, demeure impassible à la vue de son sexe, plonge son regard dans le sien alors qu'elle relève tranquillement son chandail et lui découvre ses seins nus. Aussi dérouté que fasciné, il commet l'erreur d'une hésitation, cédant à Minh l'avantage d'une sorte de *change-over* – au squash une balle de défense si bonne qu'elle vous permet de reprendre l'échange à votre compte. Une victoire est désormais en vue, mais au prix d'un pénible compromis, car Minh demeure en position de faiblesse. Sans quitter son ennemi des yeux, tout en l'attirant vers elle à mesure qu'elle s'allonge sur les marches, « ne manquant pas de lui aplanir toutes les difficultés » comme dirait le sage Tzu, elle crache dans sa main qu'elle avance en direction de son érection. Si son calcul est bon, la machine est préréglée pour éjaculer moyennant la lubrique sensation escomptée. Le psychopathe décharge tel que prévu au point de contact contracté et glissant. Le plus élémentaire instinct de survie lui conseille de déguerpir sans tarder.

Après son départ, Minh reste un moment à se répéter le mot de la fin selon Sun Tzu. À un affrontement sans combat ni effusion de sang, la seule conclusion qui soit admissible malgré les apparences : revenir tranquillement chez soi jouir des fruits de la victoire.

MUR DROIT,
PETITS FORMATS EN NOIR ET BLANC

Clients attablés dans un restaurant
de l'avenue du Mont-Royal (octobre 2009)

Dans un café de l'avenue du Mont-Royal, deux collègues et amies cassent la croûte. Celle qui s'appelle Isa relate le témoignage d'une infirmière entendu à une rencontre de son groupe de thérapie. Partie deux semaines en vacances, l'infirmière ramène de République dominicaine un jeune amant. Il l'épouse, l'engrosse, vit avec elle quelques années, la quitte. La garde de l'enfant est partagée.

De jour, le père gagne bien sa vie dans la construction. Le soir lui sert à voir ses amis et à boire. L'enfant n'a pas treize ans qu'il l'initie à la bière. Puis le garçon apprend à sa mère que son père lui montre à boire des *shooters*. Souvent, des femmes s'enivrent avec eux.

L'infirmière tente désespérément d'enlever la garde de l'enfant au père. Un avocat qu'elle consulte lui apprend que quoi qu'elle fasse, elle ne pourra jamais soustraire son fils à la mauvaise influence de son ex-mari puisque ce dernier ne commet aucun délit sérieux du point de vue de la loi. Peu après, l'adolescent bascule dans le dérèglement. Il part faire la fête à demeure chez son père.

Par désespoir, l'infirmière conduit son auto jusqu'à la rivière des Prairies, avale des pilules avec de la boisson, se jette à l'eau. Une belle âme ayant plongé à sa rescousse la tire d'affaire. L'infirmière affirme en riant qu'à tout malheur quelque chose est bon. Une semaine avant sa tentative, elle avait réglé ses dettes et payé ses funérailles à l'avance.

La collègue d'Isa soupire. Montréal croule déjà sous les paumés. Elle ne comprend pas qu'on en ramène un nouveau dans ses bagages. Elle marque une pause, soupire une autre fois. Elle ne comprend pas mieux qu'après son histoire récente avec Nicolae et tout ce qui s'ensuivit, Isa puisse sortir avec Francis, cet adolescent démuni de sa classe de littérature québécoise.

Isa reste figée avant de rire jaune. Elle assure que loin d'être un adolescent démuni, Francis est un voyou dans la force de l'âge. Sa collègue réfléchit, puis elle dit que Francis lui rappelle le sieur de Ferney. Alors qu'il vient de surprendre sa vieille maîtresse le trompant avec un adolescent – le sieur de Ferney –, Voltaire s'exclame : « Oh ! jeune homme, et vous n'étiez même pas obligé ! » La collègue rigole. Les joues en feu et le regard fiévreux, Isa la fixe dans les yeux avant de prononcer :

— Elsa Triolet écrit qu'il n'y a pas de suicides, qu'il n'y a que des meurtres.

— Câlisse Isa, tu es ridicule, parle pas comme ça, abrège la collègue.

À la radio, Rachid Taha interprète en arabe le succès de The Clash *Rock the Casbah*. Les bagels au saumon fumé et les *smoothies* à la mangue sont servis. Les deux femmes se restaurent en silence.

En prenant le café, Isa relate un autre partage, cette fois entendu dans un groupe Narcotiques Anonymes, celui d'un jeune toxicomane qui témoigne sous le pseudonyme de Columbo. Sa famille l'expulse de la maison à cause de ses problèmes de drogue. Il vit en appartement avec son cousin et travaille comme cobaye humain dans des recherches cliniques. Columbo assure que, mis à part quelques inévitables maux de tête et diarrhées, c'est un travail vite fait et assez bien rémunéré. Un séjour de trente-six heures en clinique lui rapporte environ mille trois cents dollars *tax free*. Selon lui le cas des cobayes humains de Londres, plongés dans un coma quelques minutes après l'injection d'une première dose d'un nouveau médicament destiné à soigner la leucémie et plusieurs scléroses, reste isolé. Il n'a encore jamais vu quelqu'un se mettre à enfler ou à devenir mauve en criant : « Je brûle ! »

Le cousin de Columbo mène une vie assez dépravée. Un après l'autre lui arrivent des malheurs. Des filles s'assoient sur le capot de sa voiture pour fumer un joint. Elles refusent de descendre quand il décide de la déplacer. Une fille tombe du capot de la voiture en marche, se fracture le crâne et devient mentalement handicapée. À l'automne, se croyant poursuivi par la police, le cousin avale toute sa cocaïne. À cause de cette surdose, il passe plusieurs semaines aux soins intensifs d'un hôpital.

C'est le temps des Fêtes. Pour Noël, le cousin se fait tatouer un corbeau sur la poitrine. Il considère le corbeau comme son totem. Dans le stationnement de l'entrepôt où il travaille l'accueillent toujours un ou plusieurs corbeaux. Il a soigné un corbeau malade quand il était jeune avant de le remettre en liberté. Il rêve souvent de corbeaux. À Columbo, le cousin offre un Staffordshire Terrier américain. Columbo est fou de son chien. Le chien l'accompagne partout. Lui naît une passion pour l'élevage canin. Il parle même de retourner à l'école afin de faire des études dans le domaine.

À la fin de l'hiver, Columbo, le chien et le cousin montent dans les Laurentides, chez des amis, pour fêter pendant une fin de semaine. Sur le chemin du retour, dans la nuit du dimanche au lundi, le cousin est tellement défoncé qu'il perd le contrôle de sa voiture. À son réveil à l'hôpital, Columbo apprend qu'il a eu un accident où il a subi un traumatisme crânien, fracturé son bassin et son fémur. Après avoir quitté la route, la voiture a fait de multiples tonneaux dans un champ. Au matin, un automobiliste a remarqué l'épave et signalé l'accident à la police. Les membres inférieurs du cousin sont partiellement paralysés à cause d'une lésion médullaire. Il marchera un peu à l'aide de cannes et d'attelles. Il aura des problèmes urinaires et de spasticité. Le chien a été euthanasié pour abréger son agonie.

— Toi et tes histoires de malheur, Isa… conclut sa collègue.

Les deux femmes paient à la caisse, s'embrassent à la porte et filent à leurs maisons respectives pour abattre leur perpétuelle besogne de correction.

Clients attablés dans un restaurant
de la route nationale 117 (octobre 2009)

Bordée par la forêt, une maison surgit de loin en loin, avec sa devanture de pelouse éclairée par un projecteur installé dans un angle de la corniche du toit. La route monte assez abruptement. Les phares d'une voiture émergent au sommet de la voie opposée. Un graffiti phosphorescent sur une paroi de roche indique «Salut Michel». Juliette ne peut éviter un débris de pneu éclaté traînant au milieu de la chaussée. Le caoutchouc fait un bruit sourd en percutant le dessous de la voiture. Les concessionnaires d'automobiles se succèdent à l'entrée des villes. Un néon dessine le contour d'une façade de restaurant en violet. Le motel Idéal affiche *Vacancy* en rouge. Un Jésus-Christ sur la croix, entouré de deux anges gardiens, luit derrière une clôture de fer forgé, au milieu d'un cimetière. Un magasin d'ornements de parterre propose des chevreuils et des fontaines en plastique. D'autres objets à vendre – voitures, camions, bateaux, poêles, roulottes – sont parqués à la limite des propriétés, près du chemin.

Aux yeux de Juliette, la vie paraît bien irréelle. Comme il lui arrive en ce moment même, elle a toujours l'impression de ne pas vraiment sentir son corps. Elle éprouve étonnamment peu de douleur lorsqu'elle subit un accident. Par exemple, le thé bouillant qu'elle s'est renversé sur la cuisse l'an dernier ne l'a pas empêchée de continuer sa journée de travail normalement. Si elle est allée voir un médecin, c'est à la suggestion d'une amie inquiète à la vue de sa blessure et non parce qu'elle ressentait une douleur particulière. Quand elle se regarde dans un miroir, Juliette a la sensation d'être une sorte d'illusion. Puisqu'elle se perçoit comme quelqu'un de voué presque malgré elle à n'exister que par la perception des autres, il lui arrive de se demander si elle n'est pas tout simplement un de ces fantômes dont l'existence ne peut être prouvée.

Ensuite, Juliette se rappelle quelques-uns de ses amoureux. Un premier, Allemand aux cheveux blonds, lui reproche de stationner la voiture trop loin du trottoir, de jeter des produits recyclables à la poubelle, d'avoir la peau des bras déjà flasque et les pieds légèrement tournés vers l'intérieur, ce qui pourrait vouloir dire qu'elle a du sang amérindien. Un deuxième, Argentin poilu dans le dos, souffre d'hémorroïdes et d'insomnie. Dans ses yeux gris, Juliette décèle une peur panique qu'il cherche à démentir à tout prix par l'imperturbable assurance avec laquelle il travaille à une future réussite en informatique aux États-Unis, qui l'empêche de s'engager sur le plan affectif entre-temps. Un troisième, Chilien étudiant en sciences politiques, marche vite vers l'université, une serviette de cuir usée à la main. S'il fait l'amour aussi souvent à Juliette, il semble que ce soit moins par passion romantique que parce que c'est le seul luxe qu'il puisse s'offrir sans avoir à débourser le moindre sou. Le dernier en date, un Français professeur d'arts visuels marié avec qui elle n'entretient qu'une relation platonique, lui occasionne de mauvais rêves.

Dans un de ces rêves, Juliette se trouve dans une maison en compagnie d'un personnage de « mère ». Environnées de ténèbres, les deux femmes longent un couloir au fond duquel se trouve une pièce où elles doivent se rendre. Juliette se presse nerveusement contre la mère, et toutes deux avancent avec précaution. La mère ouvre la porte. Dans la pièce humide et poussiéreuse, un chat qu'on dirait à bout de forces tourne en rond sur lui-même, complètement affolé, avec des bouts de peau arrachés qui lui pendent du corps. Surgit un rat avec lequel le chat vient de se battre, ainsi que les deux femmes le comprennent. Le rat est aussi agité que le chat, mais il s'écroule sur le sol après avoir couru quelque temps et meurt. La scène suivante a lieu dans un lac. Juliette marche dans l'eau froide avec une amie qui vient de s'engueuler avec son amoureux. Elle rassure l'amie à propos de ses déboires amoureux. Dans cette deuxième partie du rêve, Juliette est devenue une mère. Dans la première partie, elle était encore une enfant.

On dit parfois de Juliette qu'elle est froide. À la maison, le thermomètre qu'elle place sous sa langue affiche invariablement que sa température est inférieure à la normale. En amour, elle n'éprouve jamais de jalousie ni de sentiment de perte au moment de mettre fin à une relation. On dit aussi de Juliette qu'elle est forte. Même dans les pires moments, la faculté qu'elle a de s'éjecter hors de son corps lui permet de se maintenir calmement au-dessus de lui et de ne pas participer à des emportements qu'elle regretterait sûrement plus tard. Dans de telles occasions, elle est parfaitement capable de jauger l'objet sans grand intérêt que son être représente au fond. Elle perçoit son petit visage enfantin que le temps ni la vie ne semblent atteindre. Elle perçoit le manque de réalité de son corps, son absence de substrat ou de fondement.

Juliette décide de se reposer avant de traverser la réserve faunique La Vérendrye. Elle gare sa Communauto devant un restaurant ouvert vingt-quatre heures. Elle enfile un coupe-vent avant de se rendre à la salle à manger.

Une serveuse l'accueille en souriant. Juliette commande un pouding au riz et un café. La serveuse lui apporte aussitôt ce qu'elle a commandé. Elle retourne s'asseoir près de la caisse, où elle s'installe pour regarder la télévision avec le cuisinier. L'émission qui est diffusée montre des agents de police scientifique qui tentent de dénouer l'énigme d'un meurtre commis à Miami. Juliette fait signe à la serveuse de nouveau. Elle lui demande s'il serait possible d'avoir deux autres dés de crème pour son pouding au riz. La serveuse les lui apporte.

Le téléviseur à écran plat est accroché au mur arrière du restaurant, à côté d'une porte-fenêtre. Le jour qui se lève permet de distinguer les arbres qui se profilent derrière ce qui semble une terrasse ouverte les jours de chaleur, à cause des tables regroupées près de la porte et des chaises en résine de synthèse empilées.

Sous le téléviseur se tient un ours noir empaillé, prêt à l'attaque.

La porte avant du restaurant s'ouvre. Trois travailleurs de la voirie entrent, s'assoient à une table non loin de celle de Juliette. La serveuse s'approche d'eux. Ils s'adressent à elle d'une manière qui laisse entendre qu'ils sont du coin et la connaissent. Deux des hommes commandent le spécial du déjeuner. Le troisième type explique qu'il aimerait remplacer le bacon par du baloney frit. La serveuse demande au cuisinier si c'est possible. Le cuisinier répond : «O.K.»

La lumière du jour s'intensifie. On peut voir l'autre lisière d'arbres, celle se trouvant de l'autre côté de la route principale, ainsi que les pompes à essence et une partie des cabines de motel contiguës au restaurant. Les hommes accueillent les assiettes contenant œufs, pommes de terre réchauffées, fèves au lard et bacon avec satisfaction. L'homme au baloney demande à la serveuse de lui apporter de la confiture.

Juliette est enfin en voyage jusqu'au lac où se trouve le chalet loin de tout qu'un ami artiste lui prête une dizaine de jours chaque fois qu'elle se voit accorder une bourse pour réaliser un de ses projets de photographie.

La porte avant s'ouvre à nouveau. Entre un grand jeune homme fatigué qui s'assoit à la table devant celle de Juliette en lui regardant les seins. Pour retarder un peu son départ du restaurant, elle commande un autre café, sourit à l'inconnu.

Francis allongé sur un lit
(octobre 2009)

Francis urine à côté d'un marais. En été les crapets-soleils ramènent dans leur bouche leurs petits s'ils s'éloignent trop du nid. À l'automne, les rats musqués envahissent l'eau stagnante avec leurs buttes de boue et les tortues dorment enterrées dans la vase jusqu'au printemps. Quelque chose a bougé, s'est caché sous les feuilles mortes, peut-être une couleuvre. L'odeur sucrée des feuilles se mêle à celles des champignons et du bois pourri.

Francis remonte dans une voiture qui appartient à Isa et qu'elle a insisté pour lui prêter le temps qu'il visite sa mère à l'hôpital en Abitibi. Il voit la pleine lune se coucher dans son rétroviseur alors qu'il traverse une étendue sans arbres. Les champs reposent autour de lui comme des animaux endormis.

Plutôt que sa maîtresse, Francis s'amuse à retrouver en imagination madame Isa Béliveau, sa professeure de littérature québécoise au cégep où il étudie. En classe, sa tête qui penche tristement d'un côté et sa voix ennuyée qui aime prononcer des adverbes tels que « extrêmement », « absolument » ou des phrases comme : «Je comprends et je trouve ça intéressant ce que tu dis.»

À la radio, l'étrange musique qui joue depuis un temps lui paraît tout à coup familière. Certaines scènes d'un classique du cinéma qu'il a regardé plusieurs fois lui reviennent à l'esprit : un monolithe noir autour duquel s'affole une bande de grands singes est apparu dans un paysage désertique; un croisement s'opère entre la partie supérieure du monolithe, un croissant de lune et le soleil qui se lève; un os de fémur lancé dans les airs tournoie au son du *Beau Danube bleu* de Johann Strauss. Dans *2001 : L'Odyssée de l'espace,* Francis a été frappé par l'impassibilité des personnages d'astronautes en route pour Jupiter. D'ailleurs, c'est l'ordinateur HAL qui s'alarme, qui s'épanche, qui tue tandis que les astronautes semblent parvenus à une froideur assez semblable à celle de l'objet avec lequel ils veulent entrer en contact dans l'espace.

Une bannière en papier d'aluminium argenté délimite l'aire de service de la halte routière où s'arrête Francis pour prendre un café. Une centaine de kilomètres le séparent encore de Val-d'Or. Rendu là-bas, il laissera son père lui expliquer pour la millième fois la situation : les Québécois d'expression française, descendants d'un peuple conquis, dépossédé, exploité et méprisé, fondent leur droit à l'indépendance sur plus de deux cents ans de lutte acharnée pour la survie de leur culture, menacée aujourd'hui comme jadis pour les mêmes raisons et par les mêmes moyens. Plus tard, ils se rendront à l'hôpital. Dans son sac de voyage, Francis transporte un exemplaire du livre de Mère Teresa, *Il n'y a pas de plus grand amour,* que sa mère lui a demandé. Sur la rue Principale, il lui achètera un bouquet de fleurs.

Francis quitte la route et traverse le stationnement de gravier. Ayant roulé une partie de la nuit, il ferme les yeux pour les reposer. Il entend un camion s'éloigner dans la distance, puis le silence. Il se dit que le silence est un rebelle qui se cache dans la forêt des bruits. Il ouvre les yeux. Devant lui, il voit une affiche où est inscrit : «Accueil des routiers – repas, chambre, info 24 h.» Plus loin, il voit des arbres. Il se dit que novembre les fait paraître plus âgés. Il s'étire les jambes par la portière ouverte, regarde sa montre. Au cadran de droite, il est 6 h 45, heure de Montréal. À celui de gauche, 20 h 45, heure de Tokyo, où il rêve de voyager.

Francis sort de la voiture. Dans l'air flotte une odeur de bois qui brûle. Devant lui sont alignées une dizaine de chambres de motel attachées à un restaurant. Il entre dans le restaurant et commande un café. Une jolie fille du nom de Juliette, assise à la table devant la sienne, se met bientôt à lui faire la conversation. Elle est photographe et lui propose sans ambages de louer une chambre et de le photographier à la manière du controversé Robert Mapplethorpe, par exemple pendant qu'il se masturbe. Amusé, Francis accepte sans hésiter.

Dans la chambre numéro 9, un store à lattes verticales garde la pièce dans l'obscurité. Seule une lisière de lumière apparaît de temps en temps dans le bas, quand le vent fait bouger le store vers l'avant. Une lampe de chevet est allumée entre deux grands lits. Francis se masturbe sur un des lits tandis que Juliette se prépare à le photographier en train de jouir. Dans la salle de bains en imitation de bois, une armoire de métal blanc à portes coulissantes de plastique translucide bleu surplombe la cuvette où elle le photographie aussi en train de rire.

Fanny tenant devant elle une photo de Peewee
(décembre 2009)

Fanny a peut-être dormi dix heures d'affilée. Un artefact de son cerveau appelé conscience lui lance : «Voyons, la belle au bois dormant, fais un effort! La condition caractéristique de ton lever est d'ouvrir tes yeux.» Sur le mur, dans un petit cadre en laiton, une photo d'elle enfant accompagnée de Peewee épie son réveil.

Pauvre Peewee! Dans le village de la Côte-Nord où Fanny grandit, un sadique propriétaire maltraite son vieux chien. Le père de Fanny délivre le pauvre animal de son supplice en le rachetant à son maître encore plus cupide que sadique. Après quelques années de vie heureuse dans sa famille d'adoption, Peewee est tellement vieux qu'il peut seulement descendre l'escalier menant à la cave, impossible de le faire remonter. Son agonie a lieu derrière la maison, sous la galerie où il va se cacher un après-midi de juin où Fanny est seule à la maison après l'école. Le chien est très malade. Il grogne et fait mine de la mordre si elle essaie de le flatter. Elle pleure de le voir si mal en point. Soudain arrive le beau labrador de la maison voisine. Il donne la becquée à Peewee, s'allonge contre lui, ne bouge plus de là. Peewee meurt. Chaque après-midi de l'été, le labrador revient trouver Fanny en train de jouer seule dans la cour.

«Bon, bon… N'abrège pas davantage le matin en te levant plus tard», recommence l'artefact. Fanny s'arrache de son lit, s'allume une cigarette, boit son café. Elle imprime un plan de travail qu'elle doit tantôt remettre dans un cours qu'elle suit à l'Université du Québec à Montréal où elle est inscrite à temps partiel à un certificat en philosophie.

De son petit deux pièces et demie, elle marche dans le froid intense jusqu'à la station de métro Jarry, voyage sous terre une quinzaine de minutes, traverse à Champ-de-Mars les rouge et vert ensoleillés de la verrière de Marcelle Ferron, s'arrête à une tour d'habitation au coin de René-Lévesque et de Sanguinet. Au troisième étage habite son revendeur de drogue.

— Comme d'habitude, lui annonce Fanny.

— À la semaine prochaine, lui répond celui-ci.

Fanny traverse la rue Saint-Denis, entre dans le pavillon N de l'UQAM, se dirige vers le A où se trouve sa salle de classe. Au tableau est écrite une citation de Tolstoï tirée de *Guerre et Paix* : «Tu mourras et tu sauras tout, ou tu cesseras de poser des questions.» La prise de notes durant la première partie du cours sera suivie de la lecture d'un poème de Parménide, de son explication, d'un questionnaire à compléter en équipe.

La professeure assise sur son bureau avale une gorgée de sa bouteille d'eau. Les étudiants sont penchés sur leur page blanche, prêts à écrire.

— La spécialisation qui traite des questions hors de la portée de la science ou de l'expérience humaine a pour nom la métaphysique. C'est à la métaphysique que la philosophie adresse ses questions sur l'existence et la nature de Dieu, sur l'immortalité ou non de l'âme, sur…

L'étudiante vêtue en jeans prédéchirés Parasuco pose une question :

— N'est-ce pas à la religion de s'occuper de ça ?

Et cætera.

Le cours prend fin. Fanny rassemble ses effets, doit récupérer son chèque de paie chez le disquaire Archambault où elle travaille à mi-temps.

Elle accède, par la galerie souterraine de la station de métro Berri-UQAM, au couloir sur lequel donnent les vitrines de la librairie et qui conduit à l'escalier roulant de la sortie Sainte-Catherine. Un vieillard très en colère venant en sens inverse parle seul d'une voix exagérément forte en se tenant le côté gauche d'une main tandis qu'il s'appuie de tout son corps à une des vitrines pour continuer d'avancer sans tomber. «Encore un paumé qui se donne en spectacle pour s'attirer la pitié», se dit Fanny. Mais elle a un doute : s'il était souffrant pour de bon ? Elle se retourne, l'observe un temps. Un autre malade mental, intrigué par le comportement de celui qui longe la vitrine de la librairie en chialant, l'observe aussi. Fanny a l'impression de se trouver dans un hospice où se surveillent des fous. Elle monte l'escalier, débouche dans la rue, oublie l'affaire.

La paie récupérée et déposée, Fanny revient sur ses pas pour rentrer à la maison par la ligne orange. Empruntant en sens inverse le couloir de la librairie, elle se rappelle le vieillard en colère, qui ne semble plus en vue nulle part. L'autre malade s'y trouve encore à marmotter près d'une vitrine des paroles inintelligibles. Fanny continue d'avancer.

Devant les portes tournantes de l'UQAM, deux agents de sécurité sont debout en train d'échanger à voix basse. À les voir, Fanny comprend que quelque chose est arrivé. Elle regarde par terre et trouve le vieux de tout à l'heure simplement couché en chien de fusil devant les portes tournantes. Il est sans vie, donc c'était un infarctus. De son bras gauche, il s'est couvert les yeux, mais on peut voir combien la partie encore visible du visage est rouge, comme si l'homme était mort d'avoir tant rougi. Personne n'a eu la décence de le couvrir. On viendra bientôt le chercher. On avertira ses proches, s'il en a bien entendu.

Fanny lisant Tolstoï allongée sur un divan
(décembre 2009)

Fanny arrive ébranlée à destination. La grisaille de la fin du vieux à même le plancher de la station de métro provoque chez elle une réaction inhabituelle. Plutôt que de fumer un joint avant de clavarder puérilement sur le Net avec des inconnus en quête de sexe ou de jouer compulsivement à un jeu électronique de destruction massive, elle récupère dans sa bibliothèque le premier des deux tomes de *Guerre et Paix* qu'elle a achetés d'occasion et s'est toujours promis de lire. Elle se plonge plusieurs heures d'affilée dans la lecture comme à chacune de ses angoisses existentielles d'éternelle étudiante à temps partiel à l'université. La saga de la demoiselle subornée Natacha Rostov et du comte bâtard Pierre Bezoukhov se consomme si bien en cet après-midi de décembre, comme un feuilleton télévisé américain pour syndiquée en congé de maladie.

Quinze heures : dans un hôtel de Moscou, quelqu'un danse un Danilo Cooper, dans un autre quelqu'un se meurt. Derrière la fenêtre de la cuisine, un soleil éclatant penche une aile de feu bleu vers les toits enneigés des maisons. Rien que dans le soleil, tant de bonheur, mais partout à la guerre, la souffrance, la peur, la confusion. Vingt heures : Fanny chauffe une portion de lasagne congelée dans le micro-ondes. Le prince André Bolkonski annonce la mort du général Schmidt à l'empereur d'Autriche. La rue Jarry se détache en noir au milieu de la blancheur de la neige tombée l'avant-veille. Vers minuit, Fanny grignote des croustilles accompagnées d'une bière. Pierre Bezoukhov épouse Hélène Kouraguine, la bataille d'Austerlitz est perdue, le prince André Bolkonski a rencontré le ciel. Le cadran marque cinq heures. Fanny a passé la nuit sur le divan. La plupart des vivants dorment avec les morts.

Certains, comme Fanny, restent éveillés jusqu'au matin, incapables de ne pas penser. Vivre est loin d'être facile, mais mourir est une chose si terrible. Si au moins la vie qu'on mène avait un sens. Malheureusement, le monde est un chaos, et barbares sont les hommes. Le rêve de la majorité : trouver la combine pour gagner gros. Tout ce que la déesse Sagesse proclame ressemble à une histoire que personne n'écoute. La grandeur d'âme de Tolstoï divertit, cependant elle n'a raison de l'égoïsme de personne. Selon Fanny, la violence caractérise les forts, le ressentiment à l'égard des forts les faibles. La conformité avec la caste d'appartenance ou convoitée demeure la manière de vivre préférée de tous. À la fin, on se bat des années contre une maladie ou on subit une attaque qui nous laisse à moitié paralysé. Au mieux peut-être claque-t-on d'un coup comme le vieux du métro. Plus rares qu'on le pense sont ceux qui ont le bonheur d'être accompagnés comme Peewee de la bienveillance d'un proche au moment de passer. Combien de gens meurent seuls à l'hôpital ? Fanny n'était-elle pas cette possibilité de bienveillance sur le chemin du vieux de la station de métro avant son dernier soupir ? N'est-elle pas devenue aussi ignoble que les autres ? Elle quitte le divan, s'approche de la fenêtre, voit la rue sans vie. Dehors ou dedans, comme c'est désespérant, vide, gris !

L'absence de goût de l'eau qu'elle boit dans la cuisine a un je-ne-sais-quoi d'insupportablement éthéré. Fanny note la bizarrerie d'une saveur aussi indifférenciée, son insipidité quasi métaphysique. Elle écarte la chemise d'homme qui sert de rideau à la fenêtre, contemple les nuages. Si l'absolu a une couleur, c'est sûrement un semblable gris d'eau. Cet air du temps, blafard comme le sperme, ne le dirait-on pas fait pour réfléchir à la gravité d'être ? Quelle drôle d'expérience s'avère la conscience. Il est impossible de ne pas sentir, comme le gros Pierre Bezoukhov, sa vis tourner à vide dans la tête sans rien accrocher. Les idées sauvages ont tôt fait d'encercler l'homme privé de feu dans une telle forêt de néant.

Tiens, contre toute attente, le soleil commence à percer. Le temps d'une adoration païenne, Fanny rend grâce à son dieu. Bol argenté dans le firmament fumeux… agrafe pâle de la tunique froissée du matin… médaille d'étain au cou plissé du ciel… belle bête céleste courant après ta queue derrière un voile d'hiver ! Ni toi ni la mort ne pouvez vous regarder directement. Es-tu donc la mort déguisée en lumière pour que, me donnant la vie, tu puisses un jour me l'enlever ? Joueur impénitent juché sur les épaules de l'infatigable dieu Rire, idole brûlante dans un univers si froid, j'ai peur à mourir, rappelle-moi vite comment te célébrer !

Fanny s'installe devant la porte donnant sur le balcon dans la chaise papillon sale de sa chambre en désordre. Pendant qu'elle se console de l'absurdité de tout en fumant des cigarettes et en sirotant quelques cafés, le soleil dissipe pour de bon les nuages. Par la grande vitre de la porte pénètre un rai brûlant de lumière. Le rai solaire fonce droit sur Fanny. Que ce rayon sur la peau est bon ! Elle laisse tomber sa tête vers l'arrière, ouvre grand les jambes pour chauffer son entrejambe nu. Elle n'arrive plus à penser à rien. Seul compte le plaisir de la chaleur intense du soleil sur son corps.

Isa et Francis au lit
(décembre 2009)

C'est un soir de décembre bleu : bleus le ciel, la chambre, les yeux de Francis. Dans un vase acheté au Dollarama s'épanouit un bouquet qu'Isa lui a apporté pour se faire pardonner sa décision de partir dans le Sud avec Juliette alors qu'il célébrera les Fêtes avec sa famille en Abitibi. Isa lui fait mordre une rose comme l'écrivain japonais Yukio Mishima dans l'album de photos *Ordalie par les roses* qu'elle a offert à Juliette pour son anniversaire. Malgré la fleur, elle n'a d'yeux que pour sa jeune musculature, la majesté de son érection, son regard rieur. Le garçon le plus désirable au monde se trouve à ce virage où l'adolescent tourne décidément à l'homme. Ce n'est déjà plus la délicate tendreté du commencement. Les feuilles appartiennent davantage à l'arbre qu'au printemps.

Alors que Francis avance à quatre pattes sur le lit, Isa lui saisit adroitement la queue pour l'attirer vers elle. Curieusement, il s'allonge sur le dos, la fleur sur le cœur. Il veut qu'elle l'embrasse sur la bouche tandis qu'elle le branle. Ses baisers s'emportent à mesure que son excitation grandit. Le voilà qui s'abandonne à une sorte de passion, laisse aller un peu de sa réserve habituelle, dévoile une émotion. Touchante première fois où le tigre gagné à la confiance s'oublie aux caresses de son dompteur. Isa elle-même en perd un peu le contrôle. Un nœud lui serre la gorge tandis que de vrais baisers l'atteignent au ventre. Ses propres baisers commencent à être éperdus. Elle redouble d'attention pour les labiles crues érotiques de son amant. Il en tremble de partout.

De gourmandise, il l'arrête pour lui demander autre chose. Elle trouve à sa façon de la pénétrer presque de l'amour. Il y va avec ménagement d'abord, mais elle l'encourage à ne penser qu'à lui, à se délecter bien au fond de l'étui magique. Ce qu'elle adore ses atermoiements parfaitement égoïstes ! Le voilà bientôt au comble du bonheur !

Isa le regarde dormir, frappée d'admiration pour sa juvénile splendeur dans l'éclairage de la fenêtre sans rideaux de la chambre. Si mûr lui apparaît son corps à elle dans la même lumière. Doux Jésus ! Comment a-t-elle pu en arriver à ne plus pouvoir se passer de la jeunesse ? Cela lui donne souvent envie de mourir de honte. Pas assez pour ne pas risquer d'en mourir. Sur l'amour passionnel, Isa n'ignore pas les principales théories : le délire érotique trahit la peur d'entrer en relation vraiment ; la jouissance de contrôler le malheur prévient le danger d'une joie gâchée. Mais ne dit-on pas qu'il vaut mieux se perdre dans sa passion que perdre sa passion ? Qu'un peu de honte réchauffe et donne de belles couleurs ?

Dans les sociétés sans pères telles que celles de l'Occident, une psychanalyste dont Isa lit parfois le blogue encourage les relations entre jeunes hommes et femmes plus âgées. Trop souvent, le fils qui délaisse sa mère célibataire est convaincu de l'avoir trahie. Selon la psychanalyste, pour survivre à la tyrannie de certaines mères, il faut un père. Un mari qui la parque là où il faut dans le champ de l'économie sexuelle familiale. Un homme qui la contienne tandis que le garçon quitte la maison. Si le père est absent, une femme de puissance égale à celle d'un père se charge de réduire la mère à une femelle dont le garçon peut impunément se départir tant sexuellement que sentimentalement. Une femme puissante, capable d'éclipser la mère surpuissante, comme la puissante lune éclipse le surpuissant soleil. Selon la psychanalyste, la femme plus âgée est fréquemment ce qu'il faut à un fils sans père pour le soustraire à une mère sur le point de le phagocyter. Qu'il puisse disparaître du champ d'action de la mère, le temps de s'approprier sa virilité.

« Les familles ! » songe Isa. De quelles importunes coutumes elles ficellent nos sociétés ! Au commencement était la parenté. Nous sommes les descendants du Grand Castor. Nous avons le sang bleu. Le Québec aux Québécois. Fusion de Métro et de Jean Coutu. En Ontario, un père tue sa fille parce qu'elle refuse de porter le hidjab. « Qui suis-je ? » demande l'enfant dès qu'il se met à parler. « Tu es comme nous », lui fait observer sa parentèle le reste de sa vie. « Comment ne plus vous ressembler ? » s'interroge l'adolescent qui n'en peut déjà plus. Pour Isa, tirer un homme de la barbarie, c'est l'affranchir de son mythe le plus tenace, celui de son identité. Au commencement est la nécessité, celle d'être plutôt que de ne pas être par tous les moyens. Mais si le reste est littérature, certaines histoires paraissent à ses yeux avoir plus d'avenir que d'autres. Des histoires comme celle que raconte la psychanalyste à propos des relations entre garçons et femmes plus âgées ? D'après Isa, des foutaises, tout ça. Comme d'habitude, le féminisme en train de redresser les torts de deux mille ans d'aliénation patriarcale. De façon à sauver le monde, reprenons depuis le début, avec un principe féminin cette fois. On connaît l'histoire. Non, Isa préfère une intrigue dont elle ne devine pas d'avance les rebondissements, par exemple celle que lui dévoile peu à peu un corps. Elle a envie d'ajouter : « À mesure que s'épanouit sa fleur. » Comme Mishima, elle acquiesce à l'ordalie de ces roses que sont nos corps, à une expérience qui nous éprouve en tout cas, en nous laissant plus ravis qu'autrement.

« Une histoire où quelque chose de beau serait encore possible », se dit Isa en se lovant contre Francis avant de tomber endormie elle aussi.

John en méditation assise
(décembre 2009)

John s'assoit sur la chaise derrière la table d'acajou achetée chez Pier 1 Imports qui se trouve devant son lit. À son reflet dans le grand miroir accroché au-dessus du bureau à gauche de la table, il dit simplement :

— Je t'ai vu.

Puis il voit la chambre comme si elle était aussi une image dans un cadre.

D'abord, il redresse son corps à partir des reins en prenant une grande respiration qu'il fait monter de son ventre jusqu'au-dessus de sa tête en suivant sa colonne verticale. Ses épaules viennent naturellement se placer au-dessus de ses hanches, sa tête devient haute et droite. Son ventre est tout à fait relâché. Le temps s'écoule avec la lenteur des respirations. Désirs d'omniscience, d'omnipotence et d'immortalité sont reconnus. L'incessante quête de stimulation destinée à compenser un terrible sentiment de vacuité s'arrête.

John détaille les objets qui encombrent la table : des comptes à payer, un ordinateur portable, un lecteur de musique avec des écouteurs, quelques livres sur la spiritualité. Il se déshabille et envoie ses vêtements rejoindre un tas d'autres vêtements au pied de son lit.

Il se glisse entre les draps, éteint la lampe de la table de chevet, elle aussi achetée chez Pier 1 Imports. Il revoit Allison alors qu'elle monte dans sa voiture après un repas en compagnie de collègues de travail. Elle a bu. Elle lance que l'erreur, le crime et l'adultère sont tout ce qui rend les hommes intéressants. Elle place sa paume brûlante sur la braguette de John pour le durcir.

Parfois, John imagine Allison avec son mari. Il se convainc qu'il ne sera pas jaloux. Il se demande : s'il n'y a pas de place dans le monde pour quelque chose – par exemple un amour –, pourquoi ne pas créer un monde spécialement pour cette chose ? Mais une sensation de lourdeur lui écrase la poitrine. Le temps a acquis la troublante propriété d'être toujours trop long si Allison n'est pas avec lui et de passer beaucoup trop vite quand elle est là. John garde le plus longtemps possible dans ses vêtements les traces des moments passés avec elle : son parfum, l'odeur du repas qu'il lui a préparé ou de sa fumée de cigarette si elle a fumé dans sa voiture. Il lui arrive de s'imaginer habitant une maison de banlieue avec elle. Mais aussitôt, il arrête d'y penser. Parfois, le bonheur n'est pas gai non plus.

On entend dire que la pire chose, c'est de ne pas aimer. Que le sentiment d'être heureux avec quelqu'un ne témoigne pas nécessairement de l'amour que l'on a pour cette personne. Qu'aimer, c'est désirer plus que la présence du corps. Que ce sont les personnes qui nous trompaient le plus qui nous ont le plus aimés. Pour John, la plupart des gens restent en couple soit parce qu'ensemble ils ont moins peur, qu'ils vivent mieux avec deux salaires qu'un seul, à cause des enfants, soit pour beaucoup de raisons qui ne sont pas nécessairement de l'amour. Chaque existence est un problème insoluble. Se rapprocher de qui, pourquoi, on ne saurait le dire. Un jour, on trouve plus simple de se passer de l'amour. On ne croit plus possible d'aimer quelqu'un quand il n'y a jamais personne.

John a sommeil. Pour commencer, il oriente sa tête correctement à l'aide de son oreiller. Il l'incline légèrement vers l'arrière de façon que ses lignes de forces magnétiques indiquent le Nord à la manière d'une aiguille de boussole et qu'il puisse entrer convenablement dans le monde du rêve. Il laisse couler du sable par son trou de ventre. Au moment de s'endormir, John s'étonne des complications créées à l'état de veille alors que tout est si simple quand on dort. Les femmes aimées flottent sur des liquides noirs, les démons poussent les nuages, Caligula veut coucher avec la lune et après tout que signifie ne pas avoir vécu quand on rêve ? Dans le sommeil, John repose dans le bruit de sa propre vie. Il va droit aux objets sans s'inquiéter des principes dont ils paraissent dépendre. Il n'ambitionne plus de certitudes immédiates. Il prend son temps. Il recouvre le sens inné de la vie qu'ont tous les individus.

Isa en République dominicaine
(janvier 2010)

Face à la mer des Caraïbes, un haut-parleur criaille sur un rythme de merengue une mièvrerie en espagnol. Une mère de famille ayant visiblement subi, après une liposuccion, un remodelage de l'intérieur des cuisses exécute en bikini tanga à paillettes scintillantes un service cuiller dans une partie de volley-ball de plage. Un bellâtre au torse rejeté vers l'arrière, même éméché, reçoit sans faute le service. Il dirige la passe vers une adolescente en mini maillot fluo multicolore qui fait marquer un point à l'équipe adverse parce que la balle retournée touche le sol en dehors des limites du terrain. Une explosion de cris évacue en partie la névrose urbaine accumulée.

Une femme traîne sa chaise longue dans le sable pour l'éloigner des amateurs d'étourdissements populaires. D'un cabas en paille, elle tire le nécessaire : chapeau, serviette, crème solaire ; livres, cahier à spirale, stylo. La prochaine session, elle va donner le cours « Littérature et culture ». Madame Isa Béliveau parcourt les livres, réfléchit dans le cahier.

Pour commencer, faire lire *Guerre et Paix* : le côté accrocheur du grand génie humaniste excommunié, ennemi de l'État, admiré des pacifistes ; les avantages positifs de son utopie sociale ; le rousseauisme évident de l'esthétique tolstoïenne. En guise d'examen, demander comment le jardin d'hiver, l'ours et le grand chêne symbolisent les vraies natures de Natacha Rostov, de Pierre Bezoukhov et d'André Bolkonski, respectivement. À éviter l'affaire de la dialectique de l'âme, l'éternelle dispute de l'ombre et de la lumière. D'illusion en illusion, l'âme remonte jusqu'à l'idée du bien, le terroirisme patriarcal vient à bout du terrorisme nihiliste. À la réflexion, du réalisme socialiste avant la lettre avec un père Noël en prime.

Mais encore… Pour une fois pourquoi ne pas braver la dialectique pour vrai ? Enchaîner avec le poème du Grand Inquisiteur d'Ivan Karamazov. Ramener le conflit entre les deux romanciers à l'essentiel : aimer les hommes de haut ou de son souterrain les détester. Le problème avec les humanistes est qu'ils se croient plus humains que les autres. Dépeindre Dostoïevski en sorte d'Hercule gracié devant le poteau d'exécution, néanmoins contraint à des travaux littéraires héroïques. Brosser un portrait du seul écrivain capable de contenir la puissance de l'Immortel d'Iasnaïa Poliana, en le soulevant de terre comme Antée pour réduire au silence le soleil trompeur de la tentation totalitaire. Faire taire le Beau Grand Texte ou l'Histoire, c'est pareil. Comme on dit réinventer une langue enfin apte à la contemplation de nos corps tourmentés. Méditer le fait que les nazis profanent la tombe de Tolstoï tandis que les marxistes en font un héros national, mais que les deux tiennent Dostoïevski pour suspect.

Décidément trop politiquement incorrect… Attention Isa ! Désormais seule la mode portera des griffes. Te limiter à montrer la littérature des colossaux propriétaires terriens et leur univers prométhéen. Ensuite la longue marche démocratique pour qu'un jour, chacun de nous puisse devenir le petit propriétaire d'un coin de banlieue. Qu'elle enchaîne donc avec le récipiendaire d'un prix Nobel : Albert Camus, Orhan Pamuk, Doris Lessing.

De toute manière, Juliette l'a rejointe sur la plage. La mer est parfaitement verte. Une fois dépassés quelques brisants, c'est assez calme pour se laisser flotter à la surface. Soleil, tu es le seul être au monde que nous adorons ! Isa et Juliette en étoile sur le dos l'embrassent longuement les yeux fermés. S'éteint pour une fois la machine à parler. La vie redevient la bonne enfant qu'elle peut être. Sans compter que se baigner leur a donné soif et faim.

À l'hôtel, le préposé au *pool bar* leur sert un *piña colada slush* qu'elles sirotent assises sur un tabouret dans l'eau en attendant l'ouverture des portes de la salle à manger. Aux grillades et salades savourées en épiant ce qui se passe autour succède une sieste sous un parasol. À leur réveil, elles font une promenade sur la plage. Dès qu'elles quittent l'enclave touristique, le sable est jonché de détritus. Un terrain vague sert de décharge aux habitants des environs. Les touristes se font de plus en plus rares. Plus loin, des Latinos les observent depuis la galerie devant une auberge aux murs pelés. L'argent… que de misère il cause dans le monde. Le soleil, qui leur rappelle qu'on brille moins par la fortune que par la franchise, va bientôt se coucher.

Isa et Juliette reviennent sur leurs pas. Elles s'allongent sur leur lit dans la chambre aux portes françaises ouvertes sur la mer derrière un rideau de palmiers. En fin de soirée, le préposé au *pool bar* les emmène danser en ville. En attendant, elles fument un cigare en visionnant le DVD de la troisième partie de l'adaptation cinématographique du roman de Tolstoï réalisée en 1965 par Sergeï Bondartchouk.

Le caméraman explique en entrevue qu'afin de survoler la bataille d'Austerlitz, il invente une façon pour faire glisser la caméra sur deux fils depuis une tour de quinze mètres sans s'écraser au sol. La caméra dépasse la cavalerie russe lancée contre l'armée napoléonienne comme un boulet prenant l'ennemi en chasse avant de s'écraser sur lui. Cela évoque la descente de l'âme dans l'enfer de la destruction, plus subtilement la conscience matérialiste historique qui frappera bientôt l'inconscience anhistorique bourgeoise. Mais l'Histoire n'est-elle pas immanquablement le sujet d'un mauvais film russe ? Les images ont beau être vraiment jolies, elles n'arrivent à rien de mieux qu'une récupération de l'authentique travail de la forme par les artistes révolutionnaires de la première heure.

Au secours, camarade Maïakovski ! Toi, le premier ayant vu que de la lutte entre l'endroit tolstoïen et l'envers dostoïevskien surgirait une force inattendue capable de révolution permanente. À la place de l'interminable dialectique de l'âme, quelque chose comme un pas de danse, une pirouette de salsa, un nuage en pantalon pour mieux montrer notre poétique derrière.

Reflet de l'artiste dans une fenêtre
(mai 2010)

Juliette parcourt le portfolio de sa précédente exposition de photographies.

Pour commencer, une femme dans un atelier vide sourit au soleil, allongée en étoile sur le dos au milieu d'un vaste trompe-l'œil imitant la surface de la mer des Caraïbes. Un turquoise d'eau salée tiède se déploie sous une peau lactescente habillée d'un maillot deux pièces bleu de roi. Titre de la photo : «Isa rêvant de vacances».

Ensuite vient le diptyque d'une mise en abyme. Dans «Sans destruction, pas de construction», un Francis souriant tient devant lui la photo d'une Chinoise jugée coupable de révisionnisme par un tribunal populaire en 1966. Deux gardes rouges la paradent devant des milliers de jeunes révolutionnaires en liesse réunis dans un stade pour une «séance de lutte». Au cou de la femme au visage tuméfié et sanglant est accroché un écriteau où des pictogrammes disent quelque chose comme : «Li Xia a vendu son âme à la bourgeoisie.» Dans «Cannibales modernes», un Francis tout aussi souriant porte accroché à son cou un écriteau avec deux vers du poète haïtien Davertige :

«Des légions policières se précipitent pour me déli-vrer / Ô boîte à surprise du néant. »

La page suivante affiche une photo intitulée « L'homme et les deux femmes ». Dans un lit aux draps en désordre sont enlacées deux femmes nues, alors que debout au premier plan, un homme vêtu seu-lement d'un chapeau de cow-boy salue l'appareil photo. Une des femmes est Isa, l'homme est Francis et l'autre femme, au bras couvert d'un tatouage, est nulle autre que Juliette. Encore des sourires.

La prochaine photo montre Francis en train de danser devant une vaste reproduction des *Fusillades du 3 mai 1808* du peintre Francesco Goya y Lucien-tes. Les couleurs sombres d'inspiration romantique ont été changées contre des pastels impressionnistes : vert, bleu, jaune, lilas. Titre de la photo : « Francis rê-vant de révolution ».

Un autre diptyque clôture cette première partie in-titulée *Le soleil rouge dans nos cœurs*. Dans « La beauté comme inquiétude », Isa toujours souriante tient devant elle la photo d'une performance du pyro-technicien chinois, Cai Guo-Qiang, où une voiture ex-plose en volant dans les airs tout en éjectant des feux d'artifice roses de sa carrosserie trouée. Dans « Libé-ration d'énergie », la même Isa souriante tient devant elle la photo d'un militaire vietnamien en train de tirer à bout portant une balle dans la tête d'un terroriste vietcong. La victime a l'air jeune. Elle porte une che-mise de coton à manches courtes. Elle mourra debout dans la rue, les mains ligotées derrière le dos.

La deuxième partie s'inspire de l'artiste inter-disciplinaire canadien Tom Sherman. Intitulé *Récits d'amertume,* elle est composée de quatre photos de grandes affiches comportant chacune une courte histoire imprimée commémorant des crimes contre l'humanité. Les affiches, qu'on voit exposées dans un hall où des spectateurs font la file, furent créées pour la pièce d'une amie québécoise d'origine chinoise, *Stèles rouges,* une méditation sur la pratique répandue de l'anthropophagie durant la révolution culturelle, et sur le lien entre violence, jeunesse et totalitarisme.

La première s'intitule «Élément noir». Le soir du 18 juin 1968, une enseignante de géographie et de dessin d'un lycée du district de Wuxuan en Chine est battue à mort à l'issue d'une «séance de lutte» organisée par les gardes rouges. Les bourreaux, des élèves du lycée en armes, demandent à trois des collègues contre-révolutionnaires de la victime de dépecer son cadavre. Les collègues s'agenouillent sur le sol, découpent son foie, son cœur, la chair de ses cuisses. Les élèves emplissent des sacs de plastique de la viande de l'enseignante dépecée. D'autres repartent, des morceaux de viande dégoulinant accrochés au canon de leur fusil. La cuisson de l'enseignante se prolonge très tard dans la nuit dans les marmites du lycée ou sur des barbecues improvisés dans les dortoirs, dans la cour et sous les auvents devant les salles de classe. Une soixantaine d'élèves se repaissent de la chair de l'enseignante.

La suivante a pour titre «L'homme nouveau». Le 21 juin 1968, c'est au tour d'un élève du même lycée, Zhang Fuchen, d'être dévoré à l'issue d'une «séance de lutte». Peu après le début de la séance, un enfant de douze ans assomme Zhang à coups de bâton. Ensuite, il lui transperce la poitrine avec un long couteau. Le blessé se débat désespérément en se contorsionnant. L'enfant prend alors une pierre se trouvant à côté et lui écrase la tempe. Puis il transperce de nouveau sa poitrine de plusieurs coups de couteau. Il lui fait une entaille jusqu'au nombril, extirpe le cœur et le foie. Un autre garçon lui coupe les parties sexuelles. Après quoi, les villageois s'acharnent sur le cadavre jusqu'à ce que la totalité de la chair soit enlevée.

«Neuvième catégorie puante» raconte l'histoire du directeur du lycée de Tongling, battu à mort le soir du 1er juillet 1968 à l'issue d'une «séance de lutte» tenue dans une salle de classe. Le lendemain, le cadavre est transporté sous un arbre à côté du terrain de sport. On récite des passages du *Petit Livre rouge* : «La Révolution n'est pas un dîner de gala. Elle n'est pas comme si on écrivait un essai littéraire ou on peignait un tableau.» Les bourreaux se dispersent, laissant le corps exposé au public. Bientôt, un vent de folie cannibale se met à souffler dans le lycée. La première à prendre un couteau et à trancher dans la chair est Tan Liufang, une élève garde rouge ayant entretenu une relation amoureuse avec le fils aîné du directeur.

«On a raison de se révolter» rappelle qu'en août 1967 dans les villages de la province du Hunan, à la suite d'une rumeur selon laquelle les «éléments noirs» étaient sur le point de se révolter, des tribunaux populaires sont institués. Plus de dix mille personnes sont massacrées. Les victimes les plus âgées ont plus de quatre-vingts ans et les plus jeunes quelques mois seulement. Les façons de tuer sont : le dépeçage au couteau ; les coups assenés avec l'arrière d'une hache ; l'ensevelissement vivant ; la noyade ; les coups de poignard ou de baïonnette ; le déchirement du corps avec un coutelas émoussé ; les coups de houe ; l'étranglement à la corde ; la lapidation ; la mort par explosifs de groupes de dix personnes attachées ensemble ; la mort par asphyxie de groupes de plusieurs dizaines de personnes précipitées dans des réserves à patates douces qui sont ensuite enfumées ; la décapitation ; l'éviscération. Les tortures comprennent : les brûlures au fer rouge ; l'énucléation ; l'ablation des oreilles et du nez ; l'amputation des seins, des doigts et des membres.

Printemps à Montréal vu d'une fenêtre
(mai 2010)

Juliette dépose son portfolio, écrit dans son journal :

« Le soir du vernissage. Coin Christophe-Colomb et Marie-Anne. La petite galerie aux vitrines éclairées. Une tardive tempête de neige où les voitures avancent au ralenti. L'art comme une arche où se mettre à l'abri de la tempête. Peut-être celle de ma jeunesse. Sa justice garde rouge. Sa colère preuves à l'appui. Envie de couper mon auriculaire comme la peintre chinoise Sheng Qi. De manger du cadavre. Le sperme de mes amants projeté en avant comme du plomb de chasse. Morte un soir après certains adieux. Touché le fond. Dansé la cause perdue. La cloche sonne. Qu'est-ce que ce matin de l'autre côté de l'abîme ? Besoin de longuement me désaltérer à l'éveil. Le choc du lever. La promenade des bateaux sur le canal Lachine. Finalement, j'aurai été si peu aimée. On appelle ça le deuil, Juliette. À l'intérieur de la violence d'être, apprendre comment il est possible de vivre. L'image ce matin des longues herbes pliantes dans l'eau. La saison aux couleurs revenue dans le miroir du canal. »

Elle dépose son journal, examine le portfolio à nouveau.

Dans le communiqué de presse, elle définit son exposition *Le soleil rouge dans nos cœurs* comme le cinéaste Apichatpong Weerasethakul son film *Tropical Malady* : « Un chant d'amour et d'obscurité. » Des personnages scandaleusement souriants du film thaïlandais, elle retient la leçon. Le sourire est la condition de possibilité d'un savoir-vivre moins brutal ou cynique. Sinon comment y arriver ? Être né, puis jeté à l'eau, quelque chose comme un piano accroché au pied. Le cœur est dans l'existence comme Arion dans la mer. En route pour Corinthe, les matelots décident de voler l'argent du riche aède, puis de le jeter par-dessus bord. Arion demande qu'on le laisse chanter une dernière fois. La légende veut qu'un dauphin charmé par sa voix le prenne sur son dos au moment où il tombe à l'eau et le ramène sain et sauf à la rive.

Pour Juliette, la traversée de l'existence se résume à cette histoire. Le monde est un océan d'amertume où le cœur a tôt fait de se noyer. Dans une affiche de Jean-Michel Folon intitulée *Lily aime-moi*, un homme traverse un plan d'eau sur des lèvres de femme, debout et muni d'une perche comme un gondolier. Le sourire est le dauphin venu sauver le cœur, le prendre sur son dos, le ramener sain et sauf à la rive. Les pires histoires se traversent sur des lèvres qui sourient. Deux lèvres comme deux mains pour porter mon chant sain et sauf jusqu'à la rive.

La dernière partie de l'exposition est sa préférée. Cinq photos de foule sont réunies sous le titre *Le cherche-amis.* En y regardant de près, comme dans la série de livres pour enfants où il faut repérer Charlie, on reconnaît parmi les visages plutôt fermés de la masse urbaine les sourires des deux personnages des premières photos. C'est un exercice auquel se livre Juliette quand les choses tournent moins rond comme aujourd'hui. Elle revoit ses amis Francis et Isa souriant dans la foule anonyme, retrouve la force de traverser sa journée.

La rencontre des deux femmes est organisée par Francis à son retour de l'Abitibi en octobre. Juliette propose à Isa un trio en vue d'une expérience de photographie érotique. Isa est enchantée de la proposition. Contre toute attente, la photographe tombe amoureuse. La joie de se trouver avec Francis et Isa la motive avant tout à les revoir. Son bonheur procure aux photographies de leurs ébats une troublante intensité. De sa rage contre l'état du monde combinée à son transport amoureux naît la série de photos intitulée *Le soleil rouge dans nos cœurs,* qu'une amie galeriste accepte d'exposer en mars. Le trio se défait avec l'exposition. Francis part enseigner l'anglais à Tokyo. Isa fréquente bientôt un jeune collègue de son département.

Cette fois, il est plus difficile pour Juliette de se dissocier de son corps tandis que la peine et le manque la mettent en morceaux. Plusieurs semaines sont requises avant que commence leur patient recousement. Du bain acide de cette épreuve, Juliette émerge un jour, comme une photographie argentique, chimiquement fixée dans la matière qui lui donne corps et visibilité, au monde pour de bon, jouissant et souffrant avec autant de reconnaissance.

Le travail qui l'occupe depuis cette renaissance possède des vertus magiques. D'anciennes photographies se joignent à de plus récentes pour raconter une «entité aussi inexistante que la quadrature du temps» comme elle l'écrit dans son nouveau projet d'exposition, qu'accepte d'accueillir vers la mi-août une galerie branchée de Notre-Dame-de-Grâce. La quadrature du temps, comme l'explique Juliette, c'est un peu le présent, cette pointe de l'aiguille de l'instant sur laquelle le monde entier vient se piquer au moment de la prise de certaines photos. Inexplicablement, la photo de presque rien devient parfois celle de presque tout. Le monde s'approche soudain de l'appareil photo plutôt que le contraire, comme un insecte de la lumière.

Durant l'élaboration de sa nouvelle exposition, elle publie en revue certaines de ses réflexions sur le temps et la photographie, accompagnées d'une suite de quelques images qu'elle intitule *Images de beaucoup*. On l'invite au lancement de la revue. Pays de connaissance, brève présentation du numéro, applaudissements entre collaborateurs, souper dans un restaurant du quartier pour ceux que ça intéresse.

Après le restaurant, Juliette descend la rue Saint-Denis pour attraper le dernier métro. Un grand Noir vêtu d'un jeans *baggy* qu'elle reconnaît pour l'avoir souvent vu au Night lui souffle :

— Mademoiselle, veux-tu quelque chose…

Elle rit. Dit qu'en effet si monsieur le permet, elle l'invite à boire un verre avant de le prendre en photo.

Daniel courant sur le mont Royal
(mai 2010)

Très souvent on néglige les bienfaits d'une vie simple. Prenons Fanny emportée par la lecture de *Jude l'obscur* de Thomas Hardy une entière nuit de mai ; et Juliette au marché Jean-Talon depuis qu'elle photographie les gens en train de bavarder autour d'un café ; ou Daniel, le traducteur déprimé qui s'attarde dans la vie sans grande raison. Les arbres sont fraîchement ressuscités de part et d'autre du sentier où ses pieds courent vite sous lui. Son cœur bat fort dans les montées. Daniel regarde se coucher le soleil depuis le sommet de la petite montagne, ivre d'horizon mauve respiré à même le vert végétal de l'air.

Ce qui reste de Daniel après un pareil encerclement est la vérité. Daniel comme héros de pas grand-chose. Un jour, l'évidence l'étrangle comme une main. En sort une sorte de jus appelé larmes. En fin de compte, même la lucidité est mensongère. Daniel reprend son souffle devant la lune en *pacman* et une ou deux planètes qu'elle irait gober. Comment peut-on arriver à tant de tranquillité ? se demande-t-il. Comment en suis-je arrivé là ? À tant désirer le silence du ciel.

« Debout dans une porte tournante », pense Daniel. C'est ainsi qu'on peut se représenter cet autre mystère qu'est l'existence : une porte tournante comme foyer à partir duquel on accède aux principales suites de l'hôtel de la réalité. Une ouverture nous permet d'y entrer et d'en sortir, puis de déboucher dans l'une ou l'autre suite, selon l'endroit où s'ouvre la porte. Mourir arrive par la même porte inexpliquée que naître, tuer, devenir fou, s'enrichir ou s'appauvrir. C'est par la porte tournante qu'on accède aux différentes suites de possibilités. S'il est difficile une fois entré de sortir de l'hôtel, par contre on peut revenir à la porte tant qu'on veut. Méditer comme font les moines n'est rien d'autre que s'exercer à de tels retours. Rencontrer Dieu comme les mystiques nous lance déjà dans une direction. À l'homme, il faut un endroit où il n'arrive rien sauf la promesse de quelque chose : un jardin, une chambre, un paradis. La plus belle chose du monde est peut-être cette promesse. Ou la promesse est une façon de voir les choses qui les embellit. D'emblée serait belle une chose promise. Belles, la fiancée promise au futur marié, une terre au peuple à venir. La vérité de la réalité serait-elle sa promesse ?

Bien sûr, le raisonnement précédent ne peut pas seulement venir de Daniel. Comme on dit, quelque chose dans l'air l'invite à raisonner ainsi. Debout dans la porte tournante, un homme est disponible pour des invitations. S'offrent à Daniel de nombreuses possibilités comme autant de couleurs pour repeindre son tableau. L'ouverture de Daniel aux suites de possibilités correspond moins à des idées qu'à des images qu'il se fait. Présentement, il se trouve dans un centre blanc d'où rayonnent différentes couleurs. Le paysage aux objets tranquilles est comme un animal désireux de communiquer avec lui. Le sentiment de beauté qui l'emplit lui procure une impression d'incroyable sécurité. Illumination, grâce, nirvana, satori ne sont-ils pas des façons plus officielles de résumer son état?

Quoique Daniel soit loin d'être tout à fait converti, il pressent qu'un événement d'importance lui arrive. Comme à un œil auquel on enlève une cataracte, un voile est levé, qui semble celui d'une longue habitude, peut-être celle de son obstination à tout noircir. Si le paysage communique quelque chose à Daniel, c'est le prodige de sa beauté. De la beauté du paysage à la splendeur de la réalité, il n'y a qu'un pas, que Daniel n'est pas près d'accomplir, mais au moins cette possibilité existe. À son tableau intérieur, il manque une clarté que possède le paysage. Voilà surtout ce qu'il pressent sans trop savoir l'expliquer. À partir de la porte tournante, l'orientation la plus attirante ne serait plus seulement la sortie de l'hôtel. À l'attirance de la fin se mêle celle du commencement. Une perspective sur la réalité existe dans cette clarté qui ne ressemble à aucune qu'il ait connue jusque-là. Une perspective est-elle même possible sans cette clarté du paysage? Même la fin y prend une figure de commencement. À l'éternel commencement de la fin de Daniel répond l'écho d'une fin comme éternel commencement.

Avant que Daniel commence sa descente jusqu'à l'avenue du Mont-Royal, les sombres couleurs de son tableau intérieur s'éclairent un instant de ce paradoxe.

Catherine en vélo
(août 2010)

Dans une galerie d'art branchée de Notre-Dame-de-Grâce, au milieu d'une exposition de photographies, une obscure écrivaine du nom de Catherine Lavoie, incapable depuis sa dernière publication de commencer un nouveau livre, conclut elle aussi au même subtil paradoxe : notre fin est notre commencement.

Sinon inutile de perdre autant de temps à prendre des photos ou à raconter une histoire. La réalité qui aspire à être reconnue sombre dans le néant. Passe inaperçue la multitude sans qualités assise dans des restaurants, debout devant des fenêtres, marchant sur la rue, penchée sur des journaux. Tout le splendide hôtel reste méconnu. Mais la vérité est une promesse qu'il est malvenu de ne pas tenir.

— Catherine, tu dois te remettre au travail sans tarder, lui conseillait ce matin un couple de chats assis dans la fenêtre de la vieille voisine. L'avenir de ton histoire en dépend ! De plus médite bien ce qui suit : tant que tu y jetteras un peu de lumière, peu importe la direction que ton récit prendra...

— Ô témoins de mon temps, que voulez-vous dire ? demande alors Catherine.

— L'ennui n'est plus mon amour, répond Fanny, lisant allongée sur un divan dans la photo de droite.

— Pitié pour les erreurs, ajoute la mère de Minh en train de s'enivrer sous le regard réprobateur de sa fille dans une autre photographie.

Catherine s'assoit sur le banc au milieu de la petite galerie d'art où elle s'est rendue malgré un indice humidex de 40 °C depuis deux jours. Elle a voulu visiter avant qu'elle ne prenne fin l'exposition d'une photographe avec laquelle elle a sympathisé au Night et qu'elle a dernièrement revue sur la piste cyclable du canal Lachine. Comme dit un de ses amis français, depuis peu arrivé à Montréal : « Tabernacle qu'il fait soif parfois dans ce bled ! » Mais bon, quel baume de faire halte ici, la galerie étant climatisée et accueillante. Personne dans la salle, même pas le bonhomme Sept-Heures du découragement qui ne la lâche plus depuis des mois. Disparu le père Fouettard de son moindre regain d'inspiration. Hosanna ! à la paix parfaitement inattendue qu'elle éprouve depuis qu'elle est juste là à regarder la centaine de photos, la majorité scotchées aux murs avec une négligence enfantine.

Catherine se rappelle la fameuse devise de Dostoïevski : « La beauté sauvera le monde. » Dans la sorte d'église sans façon où elle se rafraîchit veillent les icônes d'une telle liturgie encore vivante. Dans une chapelle pareille, un oiseau respirable, comme l'écrit le poète José Acquelin, descend parfois sur nous. Cela s'ouvre au milieu, soulève l'épais couvercle. Nous viennent d'autres yeux, pour notre manque de jugement des premières années, pour la suite de notre sottisier. Regretter : ce verbe qu'on voudrait conjuguer seulement au futur. Mille désirs insatisfaits émanent des très nombreuses photos de l'exposition. Cela compose une mélodie, envoûte l'endroit. Le manque chante quelque complication, comme s'il fallait entonner sa complainte pour trouver une consolation.

À Catherine, ce courage a manqué et depuis les choses ne vont pas, s'arrêtent au large comme à une marée basse, leur sens ne se rend pas jusqu'à elle. L'intact : voilà où les problèmes ont commencé. L'intact ne convient à personne. Regardons ces photos ! Nous y paraissons avec notre miel. Ce qui sort de nous quand nous sommes touchés. C'est ce qui a d'abord poussé Catherine à écrire : être atteinte par une détresse semblable à la sienne, par un regard trop franc pour être distraitement rencontré, par les projectiles de la réalité même. L'épreuve des Sirènes est une allégorie de ce que Catherine doit accomplir si elle veut se remettre à travailler. Pour y arriver il faut qu'elle s'arrête pour de bon au milieu des murmures inconsolés. Ulysse attaché au mât est une cible facile pour la pointe du chant. Le cœur assiégé par tant de confidences croit se briser. Une clarté émouvante pénètre dans le roman de la vie par cette brisure.

Le nouveau livre se montre soudain dans toute sa simplicité. Il faut partir de cette exposition où elle se trouve présentement, à l'intérieur de cette galerie, par un étouffant après-midi d'août, entourée d'une centaine de photographies. « *Chambre d'amis,* une exposition de Juliette Ostiguy. Mur gauche, petits formats en noir et blanc. Mur du fond, grands formats en couleur. Mur droit, petits formats en noir et blanc. Avec six portraits et cinq hommages. » Sur l'annonce affichée près de la porte, c'est tout ce qui est écrit. Catherine connaît peu la photographe, connaît quelques clients du Night de vue seulement. Mais l'invitation est lancée. Elle achète le catalogue pour que les inconnus des photos viennent séjourner chez elle. Que puissent être un peu mieux écoutées leurs voix. Qu'un gardien appelé Livre empêche leurs histoires de tout à fait se perdre. Pour ses invités, Catherine prépare déjà sa maison, justement la chambre d'amis. Celle où plus tard, quand la pluie fouette enfin les vitres, elle recommence à écrire.

TABLE

MUR GAUCHE, PETITS FORMATS EN NOIR ET BLANC

MUR DU FOND, GRANDS FORMATS EN COULEUR

MUR DROIT, PETITS FORMATS
EN NOIR ET BLANC

ROMANS, RÉCITS, NOUVELLES ET JOURNAUX

Germaine Beaulieu	*Sortie d'elle(s) mutante*
Claude Bertrand	*Le retrait*
Louise Bouchard	*Décalage vers le bleu*
	Les images
Monique Brillon	*La fracture de l'œil*
Nicole Brossard	*Journal intime* suivi de
	Œuvre de chair et métonymies
Marie-Geneviève Cadieux	*Ne dis rien*
Hugues Corriveau	*Les chevaux de Malaparte*
Bianca Côté	*Carnets d'une habituée*
	Cher Hugo, chère Catherine
	Faux partages
Carole David	*Histoires saintes*
	Impala
Michael Delisle	*Drame privé*
Jean-Simon DesRochers	*La canicule des pauvres*
Roger Des Roches	*La jeune femme et la pornographie*
	Le rêve
France Ducasse	*La double vie de Léonce et Léonil*
	Le rubis
	La vieille du Vieux
Jean-Pierre Guay	*Bungalow*
	Le cœur tremblant
	Démon, la voie royale
	Flâner sous la pluie
	Fragments, déchirures
	et déchirements
	François, les framboises et moi
	Le grand bluff
	J'aime aussi les bisons
	Maman
	Le miracle
	Mon ex aux épaules nues
	La mouche et l'alliance
	Où je n'écris plus rien

Éditions Les Herbes rouges
C.P. 48880, succ. Outremont
Montréal (Québec) H2V 4V3
Téléphone : (514) 279-4546

Document de couverture :
Gordon Matta-Clark, *View of Splitting,*
Englewood, New Jersey, 1974

Distribution : Diffusion Dimedia inc.
539, boulevard Lebeau
Montréal (Québec) H4N 1S2
Téléphone : (514) 336-3941

Diffusion en Europe : Librairie du Québec
30, rue Gay-Lussac
75005 Paris (France)
Téléphone : (01) 43-54-49-02
Télécopieur : (01) 43-54-39-15

Cet ouvrage a été achevé d'imprimer
sur le presses de Marquis imprimeur
à Cap-Saint-Ignace en novembre 2010
pour le compte des
Éditions Les Herbes rouges

Imprimé au Québec (Canada)